HÉSIODE ÉDITIONS

PAUL BOURGET

Coeurs d'enfants

Hésiode éditions

© Hésiode éditions.

1 rue Honoré - 93500 Pantin.
ISBN 978-2-38512-036-8
Dépôt légal : Octobre 2022

Impression Books on Demand GmbH

In de Tarpen 42
22848 Norderstedt, Allemagne

Coeurs d'enfants

I

LE TALISMAN

L'histoire que l'on va lire me fut racontée par l'un des artistes célèbres de notre époque, l'un des plus ennemis aussi de toute réclame, de tout étalage personnel, de toute confidence intime. Je ne répéterai pas son nom, ne voulant pas lui demander la permission, qu'il me refuserait sans aucun doute, de redire cette anecdote, quoiqu'elle appartienne à sa plus lointaine jeunesse. Je tairai aussi la nature de son talent. Est-il sculpteur ou peintre, musicien ou architecte, poète ou dramaturge ? Le silence absolu que je garderai sur ce point me semble autoriser un récit qui porte avec lui un enseignement d'un ordre bien humain, car il intéresse la psychologie de l'enfance, par suite, de l'éducation. Je me rappelle que ce fut là mon motif pour transcrir e aussitôt cette confidence, par endroits puérile, par d'autres un peu minutieuse, d'un homme qui d'habitude, ne se confesse guère. Je crus y voir une preuve, saisissante, de ces deux vérités, également méconnues : l'une, que les mauvaises passions de l'âge mûr sont déjà en germe et toutes prêtes à s'éveiller dans l'innocence de l'enfant, l'autre, que la plus sûre guérison de ces vices précoces est dans la magnanimité de l'éducateur âgé… J'ajouterai, pour situer ce récit dans son cadre exact, que l'artiste qui nous le fit, venait d'obtenir un de ses plus éclatants succès. A cette occasion, un des compagnons de ses années de début l'avait bassement diffamé dans un journal. Il nous avait parlé le premier de cet article. Puis la causerie s'était prolongée sur l'envie, sur cette hideuse passion, qui est la tare professionnelle des amants de la gloire. Nous nous défendions tous, plus ou moins sincèrement, de l'avoir jamais éprouvée, quand, à notre grand étonnement, notre camarade, que nous savions si généreux dans sa renommée, si enthousiaste du talent de ses rivaux, si étranger aux mesquineries des rivalités de boutiques, nous interrompit pour nous dire : « Hé bien ! moi, j'étais né envieux, il faut que je vous l'avoue. C'est même ce qui me rend indulgent pour des malheureux comme ***, » – et il nomma son diffamateur. « Lorsque je lis un morceau de ce genre, et que je suis sur le point de m'indigner, je me souviens d'avoir, moi-même, commis, par envie, une abominable action, et si je n'avais pas rencontré alors, pour m'en faire honte, un de ces Justes dont l'image vous suit toute la vie, – qui sait ? ce hideux instinct de haine contre le bonheur d'autrui aurait, sans doute, grandi en moi… Je ne me ferai pas meilleur que je ne suis. Je le retrouve encore dans les arrière-fonds de mon cœur, à de vilaines minutes. Alors je rentre chez moi et je vais regarder un talisman que ce Juste m'a laissé… Le voici », ajouta-t-il en avisant sur son bureau une statuette de bronze, simplement posée sur des papiers. « C'est un Hermès, comme vous voyez, de ceux qu'on appelle des psychagogues, ou conducteurs d'âmes. Son geste et son caducée l'indiquent. Vous verrez que pour moi, il est bien nommé ainsi. Ce doit être une reproduction romaine d'une assez belle chose grecque… Depuis trente-neuf ans, ce bibelot ne m'a jamais quitté, et j'en ai cinquante. Ce qui vous prouve que la scélératesse dont j'ai là l'inoubliable témoin remonte à ma onzième année… » Nous nous récriâmes sur ce chiffre qui contrastait trop fortement avec la sévérité des termes employés par notre camarade. Il nous répondit par une confession que je transcris textuellement, je le répète, sans y rien changer, sinon deux ou trois détails qui désigneraient trop clairement le lieu et le héros de cette tragédie enfantine. Et que celui-ci pardonne cette indiscrétion à son auditeur et ami !…

I

… Comme je vous le disais tout à l'heure, les souvenirs qu'évoque pour moi ce petit bronze se rattachent à ma lointaine enfance, et par conséquent aux toutes premières années qui suivirent l'avènement de l'Empire. J'habitais alors une petite ville du centre de la France, qui s'était signalée par sa ferveur républicaine en 1848. Elle se signalait en 1855 par sa ferveur bonapartiste, à la plus grande indignation de quelques personnes dont était l'oncle chargé de mon éducation. Ce frère de ma mère enseignait les mathématiques à la Faculté de la ville. Il n'était pas marié, et mes parents, installés à la campagne, m'avaient confié à lui, sous le prétexte avoué qu'il surveillât mes études, avec le secret désir, en réalité, qu'il m'instituât plus tard son héritier. Ce digne homme, qui n'aurait, comme on dit, pas fait du mal à une mouche, était un Jacobin passionné chez qui la révolution de février avait excité une véritable folie d'espérance, et puis, le coup d'État du 2 décembre – cette salubre entreprise de voirie dont nous rêvons tous, – l'avait frappé comme un malheur personnel. Je souris, quand je me rappelle les étonnantes causeries auxquelles j'assistais, tout bambin, entre ce cher oncle et ses amis, de braves professeurs comme lui, pour la plupart, et qui, presque tous chargés de famille, ou simplement épris de leur métier, avaient dû prêter serment au nouveau régime et jurer fidélité au tyran ! Ils se vengeaient de cette inoffensive formalité, en traitant, classiquement, de Tibère et de Néron, le débonnaire César qui rêvait alors aux Tuileries. Ils célébraient pêle-mêle comme des prophètes tous les dangereux ou grotesques utopistes du socialisme révolutionnaire : – les Fourier, les Saint-Simon, les Proudhon, les Louis Blanc. Ces hommes d'études, ces fonctionnaires, ces bourgeois déploraient que le gouvernement de février eût manqué de l'énergie Terroriste, – le tout entre deux placides corrections de devoirs, s'ils enseignaient au lycée, entre deux examens de baccalauréat, si c'était à la Faculté. A cette époque-là, mon imagination d'enfant, nourrie du De Viris, me faisait trouver ces propos sublimes et ces caractères grandioses. Leur comique attendrissant m'amuse à distance ; et je revois, l'un après l'autre : – l'agrégé d'histoire, M. André, dit le Barbare, à cause de la thèse qu'il préparait sur Théodora ; – son homonyme M. André, le physicien, dit André phi, pour le distinguer de l'autre ; – M. Martin, l'helléniste irrévérencieusement surnommé le Badaud. – Je revois surtout l'alter ego de mon vieil oncle, le docteur Léon Pacotte, le professeur d'accouchement à la Faculté de médecine – celui de qui me vient ce talisman contre l'envie, ce petit Hermès Sauveur. Ce docteur, très âgé à cette date (il avait déjà soixante-dix ans), me reste dans la mémoire comme une apparition fantastique, tant il était long et mince, avec un visage aiguisé en lame de couteau, qu'un nez infini, chevauché par des bésicles rondes, eût rendu caricatural, sans le regard des yeux, très noirs, sur une face très pâle, presque exsangue. Une telle volonté en émanait, une telle intelligence aussi, et une telle bonté, que la seule rencontre de ces prunelles brillantes figeait sur mes lèvres mon rire moqueur de gamin. Son teint décoloré, ses épaules étroites et pointues, la maigreur fluette de son tronc et de ses membres, dénonçaient, chez ce septuagénaire, un tempérament débile, préservé par un miracle de régime. Il se vantait volontiers de l'un et de l'autre. Que de fois je l'ai entendu qui disait : – « Dupuytren, mon maître, m'a condamné comme phtisique, quand il m'a pris comme son interne, à vingt et un ans. Je l'ai enterré en 1835... Broussais, le grand Broussais, a confirmé ce diagnostic. Je l'ai enterré en 1838... C'était aussi l'avis d'Orfila. Je l'ai enterré en 1853... » Et il riait d'un rire silencieux, le rire ironique d'un vieux praticien qui triomphe des supériorités de sa propre méthode. Comment cet homme excellent conciliait-il sa tendresse de cœur, ses qualités de chaud dévouement, d'amitié fidèle, avec cette étrange et macabre joie de survivre ? Résolve qui pourra ce problème. Moi, je sens encore, après des années, le petit frisson que j'éprouvais, lorsque sa grande main d'accoucheur se posait sur ma tête tondue d'écolier. De ses doigts osseux s'exhalait cette senteur chirurgicale qu'aucun savonnage ne dissipe jamais entièrement : ce relent d'hôpital où se mélangent des odeurs d'iode et de vin aromatique, de phénol et de chloroforme, et sa vieille expérience commençait d'endoctriner ma jeune étourderie. – « Tu ressembles à ton grand-père... » disait-il. « Je l'ai beaucoup connu. Il était taillé pour vivre cent ans. Il n'a jamais voulu m'écouter... Je lui répétais : l'estomac est la place d'armes du corps. Mangez à des heures régulières. Ne lisez pas après avoir mangé. Faites de l'exercice... Il se moquait de moi. Je l'ai enterré en 1847. Prends exemple... Regarde-moi. Je n'ai qu'un poumon, j'ai été considéré comme perdu, et j'étais perdu. Je vis, parce que je l'ai voulu et que j'ai raisonné... J'ai mesuré la capacité de mon thorax, et voilà cinquante-cinq ans, tu m'écoutes, que je prends, à chaque repas, juste le poids d'aliments qu'il faut pour que la digestion ne fasse pas travailler mes muscles avec excès... Et ainsi de suite... » Et c'était vrai que cette étonnante régularité d'habitudes faisait de lui une figure de la plus pittoresque originalité. Je revois la salle à manger ensoleillée, où nous allions, mon oncle et moi, le surprendre, après son déjeuner ou son dîner. Sur le dressoir étaient rangées sept petites fioles, bouchées à l'émeri, où il renfermait, chaque lundi, le vieux Bordeaux, exactement dosé, jour par jour, qui devait suffire à sa consommation de la semaine. Je le revois lui-même, croisant ses interminables jambes, et, sous le bas de son pantalon relevé, les renflements du cuir épais des grosses bottes, qu'il ne quittait jamais, par crainte de l'humidité. En hiver il portait, par-dessus, des socques dont les semelles de bois claquaient sur les marches en pierre de notre escalier, quand il venait nous rendre visite. J'entends, après des années, ce pas automatique du vieux médecin. Je revois sa longue redingote marron, à col de velours, dont la forme et la couleur n'ont pas varié durant toute mon enfance, son éternelle cravate blanche, roulée deux fois autour de son long cou, et que dépassaient les deux coins arrondis de son col de chemise, son chapeau de haute forme en drap mat, avec de larges ailes, et les mitaines tricotées qu'il portait sur ses gants de peau. Et je revois surtout le salon où, le dimanche, dans l'après-midi, se tenait un véritable club de libres penseurs et de Jacobins, constitué par mon oncle, par les professeurs ennemis de l'Empire et par quelques avocats, propriétaires ou rentiers, qui partageaient le radicalisme du maître du logis. Par quel mystère encore, ce judicieux hygiéniste, tout observation et tout réalisme, professait-il, en politique, les doctrines les plus contraires à l'expérience ? J'ai constaté tant de fois ce phénomène chez d'autres médecins que je ne devrais plus m'en étonner, et je m'en étonne toujours. Cette anomalie était d'autant plus frappante chez le docteur Pacotte que cet irréconciliable haïsseur des rois et des prêtres, cet admirateur forcené des énergumènes de la Convention et qui parlait de Danton, de Saint-Just et de Robespierre, ce triumvirat de sanguinaires brigands, avec idolâtrie, était, en même temps, un passionné de la vieille France, un amateur et un collectionneur infatigable de tous les précieux débris des anciens temps épars de notre province. Son salon regorgeait de trésors qu'il a légués à la ville, et qui font du musée de cette pauvre cité de province, un des plus riches de notre pays. C'est là que mes yeux d'adolescent se sont pour la première fois caressés aux vives et chaudes couleurs des émaux de Limoges. Le docteur en avait quinze plaques, représentant les scènes de la Passion, toutes de la meilleure époque, celle du maître-autel de Grandmont, avec ces beaux fonds couleur de lapis, ces draperies d'un suave vert d'eau, ce rouge-brun des chevelures et des barbes encadrant le rose tendre des visages. Où avait-il découvert ce trésor ? Nul ne l'a su. Où ces magnifiques cathèdres d'églises, sculptées par quelque génial artiste bourguignon du quinzième siècle ? Où les panneaux de bois peint que la piété de quelque seigneur du temps de Charles VIII avait dû rapporter d'Italie ? Où cette tapisserie, qui avait peut-être décoré la tente d'un des suivants du Téméraire ? Il était secret sur ses achats, comme un véritable amoureux sur ses bonnes fortunes. Avec cela, des recherches sur un camp de César, situé dans notre voisinage, l'avaient amené à s'intéresser aux choses romaines, et une vitrine montrait quantité de menus objets en bronze, verdis par le temps, des bijoux d'or, friables et comme pâlis par l'usure, des poteries décolorées, des bagues, sur la pierre desquelles se voyaient des combats gravés, des têtes de statuettes en terre cuite, enfin un pêle-mêle de bibelots, tous curieux, quelques-uns extrêmement rares, parmi lesquels a figuré un jour cet Hermès, – vous allez savoir dans quelles circonstances, et aussi pourquoi il n'y est pas resté.

II

C'est dans ce salon familier, et par une après-midi d'un magnifique dimanche du mois d'octobre, que je rencontrai pour la première fois l'être qui devait m'inspirer dans toute son injuste frénésie cette passion d'envie, plus monstrueuse encore, semble-t-il, chez un enfant. Elle s'explique, elle s'excuse presque, dans un malheureux qui vieillit et qui se venge des humiliations du sort en outrageant la félicité des autres. Mais un enfant ?... Hé bien ! Je crois, par ma propre expérience, qu'un enfant peut être envieux d'un autre enfant, comme un homme fait est envieux d'un homme fait, avec la même sauvage crispation de colère devant des supériorités qu'il n'a pas. Vous en jugerez... Ce radieux dimanche d'octobre où je commençai d'être possédé par ce mauvais sentiment, j'en ai encore dans les yeux le coloris automnal. J'en garde une vision, toute bleue et fauve, à cause de l'azur profond du ciel sur lequel se détachaient, en masses chaudement rousses, les feuillages, déjà fanés mais encore intacts, des marronniers de la promena de. Mon oncle m'avait amené chez le docteur Pacotte suivant son habitude. Je savais qu'il s'y passerait, cette après-midi là, un événement que ces messieurs considéraient comme solennel : la présentation, dans ce milieu, d'un personnage, dont, même aujourd'hui, le nom ne vous est sans doute pas tout à fait inconnu, un M. Montescot, qui a écrit deux ou trois recueils d'articles solidement documentés sur l'instruction publique sous l'ancien régime. A cette époque, cet homme jouissait d'une espèce de gloire, dans le petit monde universitaire où je grandissais. Il avait, lors du coup d'État, démissionné d'une manière retentissante, et quitté la chaire de philosophie qu'il occupait, tout jeune, à Paris, au lycée Louis-le-Grand, sur un discours de protestation débité à ses élèves. Cette algarade lui aurait mérité la prison, si le gouvernement impérial avait été la tyrannie que mon oncle et ses amis flétrissaient hebdomadairement parmi les bibelots du médecin radical. Au lieu de cela, on s'était contenté de le révoquer. Montescot était originaire de notre ville. Il y gardait quelques parents éloignés, du même nom que lui. Il était donc très naturel qu'il s'y retirât. Mais pour les maniaques de persécution qu'étaient les habitués du salon Pacotte, cette arrivée du philosophe démissionnaire était devenue aussitôt une ténébreuse machination des oppresseurs de la nation : – « Ils l'ont empêché de gagner sa vie à Paris, » avait dit solennellement M. André, le Barbare : « Ah ! les brigands ! » Puis il avait ajouté, d'un ton de mystère : « Heureusement Tacite est déjà né dans l'Empire... » Cette citation, qui passait sans cesse à travers les discours du bonhomme, signifiait que le professeur d'histoire préparait un essai sur les douze Césars, rempli des plus cruelles allusions au présent régime. – « Ils ont eu peur de son éloquence, » avait répondu André phi, ancien camarade de Montescot à l'École Normale. Cette confraternité avec le martyr lui donnait une importance : « Si vous l'aviez entendu parler !... A l'École, nous n'étions pas suspects, nous autres scientifiques, d'indulgence pour les littérateurs, et en particulier pour les philosophes. Nous les appelions volontiers des bavards. Mais celui-là !... Ah ! celui-là !... » et, cherchant un terme de comparaison, le physicien qui, dans toute l'histoire ne connaissait que la Révolution, avait ajouté, croyant décerner une couronne à son ami : « C'est un Vergniaud... » – « Ils seront punis, » avait interrompu mon oncle, chez lequel les convictions républicaines, un spiritualisme exalté, et de constantes études astronomiques se fondaient dans la conception, étonnamment fantaisiste, d'une migration des âmes à travers les astres. Chacun habiterait des étoiles inférieures ou supérieures, selon ses vertus, et, consciencieusement, le doux savant peuplait de vertueux Jacobins les plaines de Jupiter, où règne un éternel printemps, et d'infâmes réactionnaires les régions, torrides ou glacées, de Vénus, qui n'a pas de zone tempérée. « Oui, » avait-il continué, « ils seront punis dans cette planète ou dans une autre, et Montescot sera récompensé... L'Absolu ne peut pas ne pas avoir raison... » – « En attendant, » avait conclu le docteur Pacotte, qui, s'il était bon républicain, était encore meilleur matérialiste, « comme nous ne sommes ni dans Jupiter ni dans Saturne, et que l'Absolu ne s'occuperait pas à nourrir Montescot, je vais, dès demain, lui chercher des leçons dans ma clientèle... Est-il marié, votre ami ? » Et, sur la réponse négative de M. André phi, « alors nous lui rendrons sa vie ici très facile, en dépit du préfet, du recteur et de la police... Vous me l'amenez aussitôt arrivé, n'est-ce pas, André ?... S'ils ont cru le réduire par la persécution, ils vont rire jaune... » Après de tels discours, ai-je besoin d'expliquer quelle place avait prise aussitôt, dans mes rêves d'enfant, ce Caton moderne, ce Thraséas contemporain, ce Sénèque de Louis-le-Grand, pourchassé par ces tortionnaires mystérieux que je me figurais présidés par le bourreau en chef, ce pauvre Napoléon III, dont la bénigne physionomie, contemplée sur les pièces de monnaie, me déroutait certes un peu, tout enfant que je fusse ! Mais j'avais, pour mon oncle et pour ses amis, un respect follement crédule, plus fort que les évidences. Et puis, si étrange qu'une telle aberration puisse paraître, ces braves gens étaient de bonne foi, en se croyant écrasés par un régime qui leur laissait cette liberté d'opinion et de parole ! Comme la bonne foi des grandes personnes agit de la façon la plus contagieuse sur les adolescents, quand l'arrivée du proscrit

Montescot fut annoncée pour le prochain dimanche, je passai ma semaine dans une véritable fièvre d'attente imaginative. Il faut croire que c'était là un trait profond de ma nature, car je l'ai ressentie, cette fièvre, aussi ardente, aussi impatiente presque, chaque fois que j'ai dû, plus tard, connaître quelqu'un dont j'admirais le talent, et, presque chaque fois, j'ai ressenti la soudaine déception que m'infligea l'entrée chez le docteur Pacotte du personnage au front duquel j'avais vu distinctement une auréole de martyr. M. Montescot était un homme de trente-cinq ans, qui en paraissait quarante-cinq, avec un pauvre visage pensif et chétif, où se lisait la détresse d'une santé délabrée. Il était petit, avec les épaules voûtées, déjà chauve ; et, quand il souriait, un grand trou noir s'ouvrait dans sa bouche, à laquelle manquaient presque toutes les dents du haut. Une invincible timidité donnait à ses moindres gestes une gaucherie, qu'augmentait encore une myopie très accusée. Il portait un lorgnon toujours instable sur son nez trop court. J'ai su depuis qu'un peu de sang russe courait dans ses veines, et il avait en effet ce type de visage à demi asiatique, large et comme aplati, qui se retrouve chez tant de Slaves. Mais le physicien, qui lui servait d'introducteur après lui avoir servi d'annonciateur, n'avait pas menti : cette physionomie quasi minable se transfigurait quand cet homme parlait. La nature, si capricieuse dans la répartition de ses puissances, lui avait donné un organe de grand orateur, une de ces voix enchanteresses, qui sont une musique pour l'oreille, et dont la séduction persuasive est irrésistible. C'était la supériorité absolue de cet homme incomplet. Ce devait être aussi la raison de son inefficacité. Il aura passé les longues années de son exil en province, qui auraient pu être fécondes, à causer, au lieu d'écrire, à s'épancher en d'interminables discours, chez mon oncle, chez le docteur Pacotte, partout où son auditoire vibrait d'accord, au lieu de se préparer, par de fortes études, au retour trop certain de son parti aux affaires. Mais, encore un coup, c'est plus tard que la personnalité de Montescot s'est dessinée ainsi dans ma pensée. Sur le moment je n'eus qu'une impression confuse de désappointement, aussitôt dominée et chassée par une autre, d'étonnement, d'intérêt et de curiosité : le nouveau venu amenait par la main un petit garçon, qui devait avoir exactement mon âge, et dont l'existence n'avait jamais été mentionnée, dans les propos échangés autour de moi ces jours derniers. – « Je me suis permis de prendre avec moi mon pupille, » dit-il simplement à M. Pacotte, « pour ne pas le laisser seul à la maison… » – « Et vous avez bien fait, » répondit le docteur, « il aura un petit camarade. Comment s'appelle-t-il ? » – « Je m'appelle Octave, » dit le petit garçon lui-même. – « Hé bien, Octave, » reprit notre hôte en mettant le bras de l'étranger sur mon bras, « voici un petit garçon avec qui vous ferez une paire d'amis. Allez jouer dans le jardin… »

III

Quelle relation de parenté unissait le charmant enfant avec lequel je descendis aussitôt vers le grand jardin du docteur, et le professeur démissionnaire qui l'avait présenté comme son pupille ? Des détails me reviennent aujourd'hui, qui me portent à croire que ce soi-disant parrainage cachait une paternité réelle. Quoique Octave fût aussi élégant et souple que M. Montescot était gauche et maladroit, il y avait entre eux des ressemblances évidentes : la couleur des yeux, que l'un et l'autre avaient bleus, d'un bleu tout pâle, presque gris ; celle des cheveux, d'un blond tirant sur le roux ; la forme un peu aplatie du visage ; et la voix surtout, une similitude, presque une identité d'intonation. Seulement, si le petit Octave était, comme je le pense, le fils du philosophe, c'était un fils de l'amour, et, une fois de plus, la passion avait fait ce miracle d'une hérédité transfigurée. Toute la grâce de la mère avait dû passer dans l'enfant. Quelle mère ? Comment cet homme supérieur, mais si peu séduisant, avait-il rencontré une maîtresse, capable de lui donner un fils de cette beauté ? Qu'était-elle devenue et pourquoi ce Kantien ne l'avait-il pas épousée ? Autant d'énigmes dont je n'ai jamais eu le mot. Il est probable que la mort de cette femme avait coïncidé avec ce retour en province, complaisamment attribué par mon oncle et ses amis à la tyrannie impériale. Je dois rendre justice à ces braves gens, chez qui le fanatisme politique était une forme de la naïveté : s'ils soupçonnèrent que M. Montescot ne leur disait pas la vérité, en présentant son pupille comme un orphelin, lié à lui par une lointaine parenté, ils ne se permirent jamais d'en parler, même entre eux. Oui. Que c'étaient de braves gens, et comme, en me souvenant d'eux, je comprends quelle forte et solide France nous ferait encore cette vieille bourgeoisie provinciale, si, depuis cent ans, l'erreur révolutionnaire n'avait pas faussé la mise en œuvre de tant de vertus ! Mais j'en reviens à cette après-midi d'octobre, et au jardin du docteur. C'était une espèce de parc, à demi sauvage et clos de murs. Il avait appartenu autrefois, ainsi que la maison, à un couvent de Capucins, supprimé vers la fin du siècle dernier. Le vieux médecin gardait ce terrain, comme il faisait tout, par hygiène, à cause de l'exposition au soleil, et des beaux grands arbres, dont les feuillages fanés étalaient, ce dimanche-là, une féerie de pourpre et d'or. J'étais assez leste à cette époque, et passablement fier de cette agilité. Au moment où nous arrivâmes. Octave et moi, au perron, j'eus un petit mouvement d'ostentation vaniteuse, et je lui dis : « Voulez-vous voir combien de marches je saute ?... » Puis, j'en descendis trois ou quatre, et je franchis d'un bond celles qui restaient. Je me retournai vers mon nouveau camarade, demeuré sur le haut du perron. Je m'attendais de sa part à quelque phrase d'étonnement ; car je n'avais pas hasardé ce saut sans un léger frisson de peur, et je me considérais comme très brave de l'avoir osé. Octave cependant ne traduisit son admiration par aucun mot, par aucun geste, mais je le vis avec stupeur, les pieds joints, les bras en avant, dans la classique attitude que le maître de gymnase nous recommandait, prendre son élan, fléchir deux fois sur les jambes, et, à la troisième, franchir toutes les marches de cet escalier. Il n'avait pas, comme moi, diminué la distance en descendant les trois ou quatre degrés du haut. Quand il eut accompli ce tour de force, qui en était vraiment un pour un enfant de son âge et de sa taille, son orgueil se manifesta simplement par un regard. J'y répondis par l'irrésistible cri de tous les amours-propres froissés : « J'en ferai bien autant... » Je remontai en haut du perron. Ah ! Que la file des marches me paraissait longue ! Mais je rencontrai derechef le regard de mon compagnon, et je m'élançai à mon tour... Fut-ce la maladresse, produite par la crainte de l'insuccès ? Ou bien, la trop grande distance dépassait-elle réellement mes forces de sauteur ? Toujours est-il que mes pieds portèrent à faux sur les derniers degrés. Au lieu de retomber d'aplomb, j'allai rouler sur le gravier de l'allée, les genoux ensanglantés, mon pantalon déchiré, l'épaule meurtrie, enfin une de ces chutes à se casser les deux jambes, et dont les enfants se relèvent, comme les ivrognes, contusionnés, mais intacts. Octave était auprès de moi, pâle de terreur. Sa voix tremblait pour me demander : – « Vous ne vous êtes pas fait mal ?… » – « Pas du tout, » répondis-je, en me redressant, et, pour démontrer la véracité de ce mensonge héroïque, je me mis à courir dans le jardin, quoique mes membres fussent cruellement endoloris… Mais l'humiliation avait été trop forte, et un frémissement de véritable haine palpitait en moi contre mon jeune compagnon, de qui la gentille nature se montra cependant, au silence qu'il garda sur le caractère de ma chute, lorsque nous revînmes au salon après avoir joué dans le jardin, et que je dis, pour expliquer mes écorchures et l'état de mes vêtements : – « J'ai fait un faux pas sur l'escalier… » – « Comment trouves-tu ton nouveau camarade ? » me demanda mon oncle, quand nous fûmes restés seuls, lui, le docteur Pacotte et moi, après le départ de tous les visiteurs. C'était encore là une des coutumes du dimanche. Les deux vieux garçons, le mathématicien et le médecin, dînaient, ou, pour prendre l'expression du pays, soupaient en tête-à-tête, à cinq heures et demie, et ils m'asseyaient à table entre eux, comme un petit animal apprivoisé, de la présence duquel ils ne se doutaient même plus. Quelles causeries j'ai entendues ainsi entre ces deux hommes qui vivaient uniquement pour les idées, – admirables quand ils ne parlaient pas politique ! Je n'étais pas d'âge à comprendre leur supériorité. Je la sentais, je la respirais, comme une atmosphère, et ce fut le meilleur, le plus efficace des enseignements. Quand un de mes deux grands amis m'adressait la parole, je répondais d'ordinaire en pleine confiance, avec cette entière ouverture du cœur, si naturelle à un enfant bien traité. Il faut croire que le mauvais germe d'antipathie, déposé dans mon cœur d'écolier par cette première mésaventure avec le pupille de M. Montescot, y remuait déjà, et aussi que je m'en rendais vaguement compte, car j'éprouvai pour la première fois un instinctif embarras à dire ce que je pensais. Je balbutiai une phrase évasive, où je critiquais Octave, tandis que la chaleur me montait aux joues, et il me sembla, – était-ce une illusion ? – que le regard du médecin, cet étrange regard du diagnostiqueur, si aigu, si réfléchi, se posait sur moi avec une pénétration qui me gêna... Ce ne fut qu'un éclair, et tout de suite, à la nouvelle interpellation de mon oncle : – « Tu seras gentil avec lui au collège, tu me le promets ?... » – « Oh ! Oui ! » répliquai-je, avec une vivacité soudaine et sincère. Qu'elles sont complexes et contradictoires, ces sensibilités d'enfant, que le préjugé croit si simples ! J'éprouvais un besoin, presque physique, de ne plus voir, dans les prunelles du docteur Pacotte, cette expression que je n'aurais su définir. C'était comme s'il eût lu en moi distinctement quelque chose de honteux que je n'y lisais pas moi-même. IV Si j'ai insisté sur ce premier épisode de ma rencontre avec Octave, c'est qu'il enferme le type complet de son caractère et du mien, à cette date de notre existence. Le petit drame qui s'était joué entre nous, sur ces dix marches du perron, était comme l'image, toute puérile, – mais nous avions vingt-quatre ans à nous deux, – des rapports de rivalité qui s'établirent aussitôt entre nous. Se développe-t-il, chez les enfants qui se sentent dans une situation exceptionnelle et qui ont de l'orgueil, des énergies exceptionnelles aussi ? Je l'ai souvent pensé, à constater les efforts dont certains adolescents très pauvres sont capables. Chez aucun, cette tension de tout l'être vers la primauté ne m'est apparue plus forte, plus constante que chez celui-là. Octave était un enfant d'une intelligence assez ordinaire et de vigueur moyenne. Mais il avait, dès cet âge si tendre, une puissance d'appliquer sa volonté à l'action présente et une espèce d'obstination froide, qui devaient l'emporter sur toute concurrence, dans l'ordre des études comme dans l'ordre des jeux. C'était, dès cette époque, une créature faite, au lieu que nos autres camarades et moi-même nous étions encore des ébauches d'individus. Je ne sais pas ce qu'il serait devenu, s'il avait vécu. Cette hypothèse d'ailleurs est-elle discutable ? Il ne pouvait pas vivre. Toute maturité est une fin, et Octave était, dès la onzième année, une âme mûrie. Nous nous en rendîmes compte, dès son entrée dans notre classe, et aux premières réponses qu'il fit au maître. Certes ses connaissances en grec et en latin ne dépassaient guère les nôtres, mais elles avaient dans son esprit et dans sa parole une netteté, une précision, et, pour tout dire, une certitude qui le mirent aussitôt à part. Il en fut de même dès la première composition. On nous avait donné à traduire, du latin en français, une page de Tite-Live, assez difficile pour des écoliers de cinquième. J'avais obtenu l'année précédente le prix de version latine, et je considérais la première place dans cette partie comme une espèce de droit acquis. Je me souviens. Quand nous sortîmes du lycée, après avoir composé, un mardi matin, je demandai à Octave de me laisser lire son travail afin de le comparer au mien. Il me tendit un cahier de brouillons, dont le seul aspect révélait cette virilité précoce du petit garçon. L'écriture en était si ferme, si claire, si achevée ! L'absence de ratures attestait une capacité de travailler de tête, si différente de notre procédé à nous, qui travaillions à coups de retouches écrites ! Je sentis, à simplement voir cette page, qu'il devait avoir mieux réussi sa version que moi. Je lus ce qu'il avait écrit, et, s'il n'avait pas été là, j'aurais pleuré de dépit, à constater qu'en effet son devoir était de beaucoup supérieur au mien. Ce dépit me crispa le cœur toute la semaine, jusqu'au samedi. C'était le jour où le proviseur venait dans les classes, proclamer le résultat des compositions. J'attendais à l'habitude l'entrée de ce redoutable magistrat, avec une anxiété singulière. Cette anxiété allait, ce samedi-là, jusqu'à la douleur, et quand il déplia la liste et commença de la lire, j'aurais voulu me sauver de la vaste pièce où nous étions debout à écouter, Octave, son triomphe, car il était le premier, moi, ma défaite, car je n'avais obtenu que la troisième place ; et, signe évident que déjà c'était bien Octave qui excitait mon antipathie, lui personnellement, je n'éprouvais pas le moindre mouvement de rancune contre celui de mes condisciples qui, classé le second, m'avait battu aussi. Que devins-je, lorsque le lendemain de ce funeste jour, le dimanche, je me retrouvai avec mon heureux rival dans le salon du docteur Pacotte ? J'entends encore la voix de mon oncle complimentant M. Montescot sur le brillant début de son pupille, et disant : – « Mon neveu va avoir affaire à forte partie, paraît-il… » – « C'est ce qu'il faut, » répondait M. André, le Physicien, « les collèges de Paris ne sont ce qu'ils sont qu'à cause de cette concurrence des bons élèves… » – « Ils seront Nisus et Euryale, « reprit M.André, le Barbare, qui ne dédaignait pas la citation latine. « His amor unus erat, pariterque in bella ruebant… » Je savais assez de latin pour traduire ce vers sur l'amitié des deux jeunes héros Virgiliens et sur leur fraternité dans la lutte. Mais les sentiments que m'inspiraient l'Euryale scolaire dont le naïf professeur me faisait le Nisus étaient d'un ordre bien différent. A peine si je pouvais supporter le concert d'éloges dont il était l'objet, et voici que de nouveau, je rencontrai, posé sur moi, le regard du docteur Pacotte. Il y avait dans les yeux du médecin la même acuité chirurgicale, qui me descendit jusqu'au fond de la conscience et me fit honte une fois encore. Puis, comme s'il eût vraiment possédé le don de déchiffrer ma jeune sensibilité à livre ouvert, il me dit : – « Tu vas aller montrer mes papillons à ton ami. Je suis sûr qu'il n'a jamais appris à les connaître à Paris… » Et, sur la réponse négative du petit Octave : « Explique-les-lui, » ajouta l'excellent homme en se tournant vers moi, « tu le peux, car tu es aussi fort que moi là-dessus… » Il avait compris qu'il me fallait, en ce moment, une preuve de ma supériorité, pour que je ne tombasse pas dans une véritable crise de rage envieuse, et il m'en offrait l'occasion. V

Hélas ! La petite satisfaction donnée par l'intelligente bonté du vieux médecin à mon maladif amour-propre devait être toute passagère, et m on malheur voulait que mon oncle, en sa qualité de mathématicien, joignît, à d'admirables vertus de cœur, la plus complète méconnaissance des réalités humaines. Lorsque je me reporte en pensée à cet hiver de 1855 à 1856, où cette vilaine passion d'envie développa si étrangement en moi sa végétation funeste, je reconnais toujours que la maladresse de mon pauvre oncle en fut, à son insu, le plus puissant auxiliaire. L'habitude des sciences abstraites lui avait donné en éducation le même défaut qu'en politique : il raisonnait au lieu d'observer. Il ne s'est jamais douté qu'il commença aussitôt de m'être un bourreau, par un éloge quotidien des perfections d'Octave opposées à mes défauts. Il croyait ainsi me corriger, et il ne s'apercevait pas qu'en me proposant, pour modèle, précisément l'enfant dont la nature volontaire et méthodique était la plus opposée à la mienne, il m'enfonçait dans ces défauts. Je n'ai jamais été plus désordonné, plus inégal, moins soigneux, que dans cette période, par une instinctive réaction contre ces phrases, sans cesse répétées : « Regarde Octave... Pourquoi tes cahiers ne sont-ils pas tenus comme les siens ?... Pourquoi n'es-tu pas exact comme lui !... Vois comme il garde ses vêtements propres... » Mon oncle augmentait l'effet désastreux de cette constante comparaison, en témoignant à mon petit camarade une affection qui achevait d'exaspérer ma jalousie. Il s'était lié d'une grande amitié avec M. Montescot. Un philosophe et un géomètre sont tout naturellement faits pour penser faux de compagnie, et les deux chimériques en vinrent très vite à ne plus pouvoir se passer l'un de l'autre. Tous deux travaillaient le matin et se promenaient après le déjeuner. C'était aussi le moment où mon oncle me prenait avec lui pour me faire faire un peu d'exercice. Ces promenades et sa compagnie m'avaient été un délice dans leur tête-à-tête. Elles se transformèrent en une véritable et douloureuse corvée quand il fallut toutes les partager avec M. Montescot et son pupille. Nous allions le plus souvent les chercher chez eux, parce qu'ils habitaient plus près que nous du Jardin Botanique, théâtre habituel de ces promenades d'avant la classe de l'après-midi. Le professeur démissionnaire avait choisi, pour s'y loger, un petit appartement, tristement meublé avec les débris d'une installation parisienne déjà très pauvre. Les chaises étaient peu nombreuses dans les quatre chambres, dont le carreau, passé jadis au rouge, encadrait un tapis de feutre, usé et rapiécé. Pourtant l'ordre et la propreté de ce réduit contrastaient avec la tenue volontiers négligée du métaphysicien. Ce fut mon oncle qui me fit remarquer cette propreté et qui m'en donna le secret. Il le tenait de notre domestique, liée elle-même avec la femme de charge des Montescot. – « Ce petit Octave, » m'avait-il dit, « c'est vraiment une merveille de brave enfant... Tu as vu comme l'appartement de son tuteur est tenu ? Hé bien ! Tous les matins, quand vient leur servante, il l'aide lui-même à tout ranger, avant d'aller au collège. Il a trouvé le moyen d'achever ses devoirs et d'apprendre ses leçons auparavant... Cela ne te fait pas un peu de honte, toi qui as tant de mal à te lever et qui n'arrives pas à ranger ta table ?... » Nous entrions donc dans ce petit appartement, que je détestais. Cet ordre seul des meubles faisait un reproche muet à mon désordre, et le geste complaisant par lequel mon oncle flattait les sombres boucles fines de « son petit ami, » comme il disait encore, m'était d'autant plus intolérable qu'il contrastait avec la parfaite froideur que me montrait M. Montescot. Le philosophe avait concentré toute sa tendresse sur son prétendu pupille. C'était trop naturel que je n'existasse pas pour lui. Une conversation commençait entre les deux hommes, où le soi-disant tuteur ne manquait jamais de glisser un éloge d'Octave, auquel mon oncle faisait écho, et je voyais une naïve reconnaissance illuminer le joli visage de mon camarade, à qui j'en venais à envier et cet éloge et cet appartement. Que tout y respirait la pauvreté cependant ! M. Montescot n'avait guère trouvé de leçons, malgré les démarches du docteur Pacotte. Il vivotait de petites rentes, six ou sept cents francs, je ne sais plus, et de travaux, mal payés, dans quelques-unes des vastes entreprises de librairie qui abondèrent durant ces années-là. Là-dessus, il fallait manger à deux, s'habiller, payer la pension du lycée. Le seul luxe de ce logis était une petite bibliothèque vitrée, sur les tablettes de laquelle se voyaient quelques livres rares, et cinq ou six objets que le maître du lieu avait rapportés d'une mission en Italie à l'époque de sa faveur universitaire. Il y avait là deux têtes de marbre, une Junon et un Bacchus, un très beau vase étrusque avec des figures noires sur fond rouge, représentant le Sphinx entre deux Thébains, et ce bronze, cet Hermès Psychagogue, auquel j'arrive vraiment par le chemin des écoliers. Mais tout le petit drame auquel il est associé vous eût été inintelligible sans ces multiples détails. Ces quelques bibelots antiques étaient la seule parure de cet intérieur et la grande joie de leur maître. M. Montescot en était très fier, et il lui arrivait, au cours des discussions interminables qu'il engageait avec mon oncle sur le principe de l'esthétique, de dire : « Si vous avez regardé mon Sphinx… On peut constater cela dans ma Junon… Vous pouvez en avoir la preuve dans mon Bacchus… C'est ainsi dans mon Hermès… » Et il souriait d'un orgueil presque aussi ravi que le dimanche, lorsqu'il arrivait chez le docteur Pacotte et qu'on lui disait : – « Hé bien ? Octave a encore été premier ?… » – « Oui, » répondait-il. – « Et combien cela fait-il de fois de suite ?… » Et le tuteur radieux répondait par un chiffre qui allait en grossissant chaque semaine, jusqu'à ce qu'arrivèrent les vacances de Pâques, et, avec elles, la proclamation des prix que l'on appelait les prix d'excellence. J'avais toujours eu le premier, depuis les quatre années que je suivais les cours du collège. Cette année-ci, je ne pouvais compter que sur le second, et à quelle distance, après les succès continus qu'Octave avait eus dans toutes les compositions ! Il n'avait manqué qu'une fois à obtenir la première place. Quoique ce résultat, qui n'était qu'une addition de points, fût mathématique, et que, par conséquent, je l'attendisse, aussi certainement que mon oncle lui-même attendait une éclipse de lune annoncée par l'Observatoire, je ne pouvais m'y habituer, ni accepter cette constante défaite. Ce mauvais sentiment de révolte fut si fort en moi que je feignis une maladie, pour ne pas me rendre à la classe du Samedi Saint, où le proviseur devait lire la liste des lauréats. Je sentais que je n'aurais pas la force de me contenir. Je passai toute la matinée dans mon lit, me plaignant de douleurs à la tête, qui guérirent comme par enchantement lorsque mon oncle parla d'envoyer chercher le docteur Pacotte. Je redoutais la pénétration de ce vieillard qui, maintenant et à mesure que grandissait en moi l'odieuse passion, me montrait un visage presque toujours sévère… Cette scène m'est présente comme si elle datait d'hier, car elle allait donner lieu à la vilaine action dont je vous ai parlé, et qui, dans le naïf domaine des sensations enfantines, équivalait à une véritable scélératesse. Je me vois donc, aussitôt que mon oncle eut prononcé le nom du docteur, disant que ce n'était pas la peine, et que déjà je me trouvais mieux. Le peu perspicace mathématicien n'eut même pas le temps de s'étonner de cette guérison subite, car, juste à la seconde où je me mettais sur mon séant pour me lever, un coup de sonnette se fit entendre, joyeux et précipité. – « Qui cela peut-il être ? » dit mon oncle. « Il est dix heures et demie. Je suis sûr qu'Octave vient savoir de tes nouvelles en sortant de sa classe. Il a tant de cœur et il t'aime tant… Oui, c'est lui, et il t'apporte ton prix… On n'a pas plus de gentillesse… » Octave entrait en effet dans la chambre, avec un livre à la main, – le maigre volume qui représentait mon second prix d'excellence, et dont il s'était chargé ! Il n'avait pris que le temps de passer chez lui, pour annoncer son succès à M. Montescot. Il portait sous le bras les deux gros bouquins dorés sur tranche qui représentaient son premier prix, à lui, et dont sa bien excusable vanité n'avait pas voulu se séparer. Mais ce ne fut pas cette antithèse qui surexcita mon envie jusqu'au paroxysme. Ce fut de le voir, qui détachait de son gilet une chaîne que je ne lui connaissais pas, et, de sa poche, un bijou que je ne lui connaissais pas davantage, et c'était, à l'extrémité d'une chaîne, en or comme elle, une montre à son chiffre, qu'il me mit dans la main, en me disant : – « Regarde le cadeau que m'a donné mon parrain, pour mon prix. » Je tenais le précieux objet. Pour bien vous faire comprendre les sentiments qui m'agitaient à cet instant, il faut vous dire que je ne possédais comme montre qu'un très ancien oignon d'argent. D'avoir une montre comme celle dont le fauve métal brillait, pour une minute, entre mes doigts, était un de mes passionnés désirs, vous savez, une de ces fantaisies secrètes dans lesquelles une imagination de onze ans enveloppe par avance d'infinies félicités. Mon oncle, à qui j'avais quelquefois fait part de ce désir, m'avait toujours dit : « Tu auras une montre d'or le jour de ton baccalauréat... Je n'en ai une, moi, que depuis l'École Normale... C'est un grand luxe, et il faut le mériter... » Le modeste universitaire avait, dans ses mœurs, ce fonds de jansénisme, si fréquent alors chez nos bourgeois provinciaux. Quand il avait prononcé ce mot de luxe, sa décision était irrévocable, je le savais... Et ce joyau, promis à ma dix-huitième année, en récompense d'un examen que j'entrevoyais comme une épreuve presque terrible, mon heureux camarade le possédait, dès aujourd'hui ! Il me fut impossible de lui dire merci pour le livre qu'il avait la complaisance de m'apporter, impossible de même le féliciter de son succès. Je lui rendis la montre, avec un visage si profondément altéré que cet aimable garçon en oublia sa propre joie. Il ne prit même pas le temps de remettre cette montre dans sa poche, mais, la posant sur la table de nuit, pour me serrer plus tôt la main, il me demanda : « Tu souffres ? Ou'as-tu ? » avec un accent qui aurait dû fondre ma misérable et honteuse rancune en affection. Hélas ! J'ai souvent constaté, depuis, chez les autres, que les nobles procédés d'un ennemi ont presque toujours pour résultat d'exaspérer la haine qu'il inspire. J'ai pu le constater chez moi, dans cette crise à la fois puérile et tragique. L'évidente affection d'Octave me fut insupportable, et, me rejetant dans mes oreillers, je dis : – « Je me croyais bien. Mais non… Je me sens encore un peu fatigué… » – « Veux-tu essayer de dormir ? » me demanda mon oncle, et, comme j'avais fait signe que oui, le cher homme et Octave me dirent adieu. Ils s'en allèrent en étouffant leur pas, après avoir fermé les volets de la fenêtre et baissé les rideaux, pour que l'obscurité m'aidât à trouver le sommeil réparateur. J'étais donc seul, couché dans cette nuit factice, que rayait seule une ligne de soleil apparue à l'interstice de ces rideaux, et j'avais mal, ah ! que j'avais mal ! La morsure empoisonnée de l'envie m'écorchait l'âme, et tous les épisodes où mon rival m'avait humilié à son insu me revenaient à la fois. Je le voyais, dans un même regard de ma colère impuissante : assis en classe au pupitre d'honneur où les premiers avaient leur place et qu'il ne quittait plus jamais, courant dans le préau du lycée d'une course qui toujours dépassait la mienne, saluant mon oncle avec une grâce de manières qui contrastait avec ma gaucherie, lançant sa toupie avec une adresse que je n'arrivais jamais à égaler, et enfin, tirant de sa poche cette montre d'or qui achevait d'exaspérer ma fureur de jalousie… Et voici que, dans le silence de la chambre close, un bruit, presque imperceptible d'abord, tant il se confondait avec un autre, me fit relever la tête. J'écoutai. Cela venait du marbre de ma table de nuit, où je plaçais d'habitude mon vieil oignon d'argent. Je reconnaissais son tic-tac un peu gros, mais comme doublé d'un tic-tac plus sonore, plus net, plus aigu aussi. On eût dit que deux insectes de métal couraient invisibles, à côté de mon oreille, chacun avec son pas… Je fis craquer une allumette, et je regardai : la montre d'or d'Octave était là avec sa chaîne. Dans son trouble de me voir souffrant, et quoiqu'il fût d'habitude si ordonné, le tendre enfant l'avait oubliée là. Oui, la montre était là. D'un geste instinctif je la saisis dans ma main. Je la sentis qui palpitait entre mes doigts comme une bête vivante, et un accès de violence s'empara de moi, comme si elle eût été vivante en effet, et que dans son existence fussent amassées toutes les supériorités de celui à qui elle appartenait. Brutalement, instinctivement, follement, avec le plus étrange assouvissement de haine, je lançai la montre de toute ma force contre le marbre de la table de nuit, et j'écoutai. Du parquet où elle était tombée, le même tic-tac monta vers moi, ironique cette fois et comme un défi. Le choc n'avait pas cassé le ressort. Je me levai. J'ouvris les rideaux pour y voir clair. Je ramassai le pauvre bijou dont le verre avait sauté en éclats. Je le posai sur la pierre de la cheminée, et, prenant la pelle à feu, je commençai à battre le fragile objet de coups frénétiques. Je vis, tour à tour, les aiguilles sauter, l'émail du cadran se fendre, la boîte se bosseler et se briser. Je m'acharnai à ce sauvage vandalisme, jusqu'à ce qu'il ne restât plus, à l'extrémité de la chaîne, qu'un informe débris. Puis, hâtivement, fiévreusement, comme un malfaiteur que talonne l'épouvante d'être surpris, je roulai, dans un morceau de papier, et ces débris et cette chaîne... J'écoutai de nouveau... Je tremblais d'entendre le pas de mon oncle ou de la servante. Mais rien... Je passai à la hâte mon pantalon et ma veste. Ma fenêtre donnait sur une petite terrasse, à l'extrémité de laquelle se trouvait l'ouverture d'un vaste tuyau de zinc, qui ramassait les eaux de pluie et les déversait dans une citerne construite, suivant la mode de ce pays sans rivière, sous les fondations mêmes de la maison. Je me glissai jusqu'à cet orifice, et j'y lançai le petit paquet qui aurait pu me dénoncer. Après tant de jours, j'entends encore le clapotement qui m'annonça la chute, dans la citerne, de la montre brisée et de la chaîne. Je revins en hâte dans ma chambre. J'eus encore la présence d'esprit de ramasser les fragments de verre qui avaient éclaté autour de la table de nuit. Je les jetai tout simplement sur la terrasse. Je refermai la fenêtre, les volets intérieurs, les rideaux, et je me glissai dans mon lit... J'étais sauvé.

VI

Il y a certainement dans le mal une espèce de force qui soutient tout notre être intime et nous insuffle des énergies que nous ne nous soupçonnions pas. Chaque mauvaise action nous rend capable d'une pire. Presque tous les crimes s'expliquent, par cette sinistre loi de progression dans la faute, où les chrétiens voient l'œuvre du malin esprit, et que les psychologues mécanistes d'aujourd'hui compareraient volontiers à l'accélération de la chute des graves. Pour ma part, j'en ignore le principe, mais je l'ai toujours subie au cours des défaillances de ma moralité d'homme, et, pour la première fois, d'une manière saisissante, dans cette défaillance de ma moralité d'enfant. J'étais, par nature, un petit garçon véridique. Mes moindres mensonges se découvraient aussitôt, rien qu'à ma gaucherie en les énonçant. Hé bien ! Je ne crois pas qu'aucun grand acteur ait mieux joué la comédie de l'innocence et de l'étonnement que je ne la jouai, vingt minutes peut-être après que l'envie m'eût fait commettre l'acte barbare que je vous ai raconté. La préoccupation de ma santé, qui avait empêché Octave de penser à remettre sa montre dans son gousset, l'empêcha de constater qu'il ne l'avait plus sur lui, tandis qu'il prenait congé de mon oncle, et qu'il descendait notre escalier. Le hasard voulut qu'à la porte il rencontrât M. André le Barbare, et qu'il l'accompagnât quelques pas. Quand l'historien et l'enfant se séparèrent, celui-ci s'avisa qu'il arriverait en retard chez son tuteur. Il voulut regarder l'heure. Alors seulement il s'aperçut que sa poche était vide. Cette découverte le terrorisa. Fiévreusement, et en examinant une par une toutes les pierres du trottoir, il reprit le chemin qu'il venait de faire avec M. André. Arrivé devant notre porte, il se rappela qu'il avait tiré sa montre pour me la donner à regarder. Il gravit notre escalier, quatre à quatre, avec l'espoir, avec la certitude presque de retrouver aussitôt le précieux objet. Le remords commença de naître en moi, à voir cette charmante physionomie se décomposer, lorsque, mon oncle et lui étant entrés dans ma chambre, je fis semblant de me réveiller, et qu'une fois la croisée ouverte, le marbre de la table de nuit apparut, chargé d'un seul oignon d'argent, le mien. Je vous parlais tout à l'heure de la force du mal. Croiriez-vous que j'eus l'hypocrisie de me lever, de regarder dans et sous mon lit, de secouer les couvertures, l'oreiller, et de dire après ces recherches : – « Il me semble bien que tu as remis la montre dans la poche de ton gilet. Peut-être as-tu mal accroché la chaîne ? En tous cas, elle n'est pas ici... » – « Oui, c'est cela, » répondit Octave, « j'aurai mal accroché la chaîne » ; puis, avec un accent qui faillit du coup m'arracher l'aveu de mon indigne action : « Et mon tuteur, que vais-je lui dire ? Lui qui avait eu tant de plaisir à me faire cette surprise ce matin !... Non, jamais je n'oserai paraître devant lui... Il n'y avait pas deux heures que

j'avais cette montre, et je l'ai perdue… Ah ! mon Dieu ! mon Dieu !… »
Il se mit à pleurer de grosses larmes dont chacune retombait sur mon cœur à moi en me le brûlant. Je vous ai assez dit mes mauvais sentiments p0ur avoir le droit de vous affirmer que je ne connus pas, devant cette douleur, la hideuse satisfaction de l'envie triomphante qui regarde souffrir sa victime. En assouvissant ma colère, je l'avais épuisée, et maintenant je demeurais épouvanté de mon œuvre. Pourtant la mauvaise honte fut, encore une fois, plus forte que le repentir, et je n'avais rien avoué quand Octave partit, accompagné de mon oncle : – « Il faut nous dépêcher d'aller à la police, » avait dit le brave homme, « faire ta déclaration… Ensuite je te conduirai chez M. Montescot, et je te promets que tu ne seras pas grondé… Tu es le premier puni de ton étourderie… Mais c'est incroyable. La rue est dallée. Si la montre est tombée, elle a dû faire du bruit en tombant… Enfin tu sais où tu l'as perdue, puisque tu l'avais encore chez nous. C'est entre notre maison et celle de M. André… A moins qu'on ne te l'ait volée ? Mais qui ?… » – « On la lui a volée, sans nul doute, » disait le lendemain le docteur Pacotte, comme on parlait chez lui de cette aventure, devenue un événement pour le petit groupe des amis de M. Montescot. C'était à la réunion du dimanche, mais le philosophe et son pupille y manquaient. Ils avaient dû s'absenter pour huit jours durant la semaine de Pâques, et aller dans la montagne chez des parents. Ils avaient exécuté leur projet, malgré la perte de la montre, en confiant à mon oncle le soin de les tenir au courant des recherches. Cet éloignement m'avait soulagé d'une douloureuse appréhension. 11 m'eût été trop pénible de me retrouver en face de mon camarade devant le docteur. Je savais ce dernier si perspicace que j'étais toujours gêné par son regard, devant lequel je tremblais, même innocent. Que serait-ce, coupable ? Tandis qu'il répétait ces mots : « On la lui a volée, » j'étais sûr que ces pénétrantes prunelles étaient posées sur moi, quoique, absorbé en apparence dans un livre de gravures, je détournasse la tête. Je l'écoutais qui continuait : « Voler ces pauvres gens, c'est deux fois abominable. Pour donner à Octave cette montre d'or, Montescot a tant dû se priver. Et vous savez s'il y a du superflu à retrancher dans son existence… Celui qui a volé la montre n'a qu'une excuse, c'est d'ignorer

cela. S'il ne l'ignorait point, ce serait un monstre… » Non. Il n'était pas possible que le vieux médecin pensât à moi en prononçant ces paroles. Pourquoi cependant allaient-elles chercher, au fond de ma conscience, précisément la place malade, pour redoubler le remords qui grandissait, grandissait dans mon âme ? Pourquoi son visage exprimait-il, quand je le rencontrai des yeux, une sévérité plus mécontente encore que d'habitude ? Avait-il suffi à cet observateur de me voir entrer dans son salon, ce dimanche, pour deviner que je portais le poids d'un secret sur mon cœur ? M'avait-il examiné à la dérobée, tandis que mon oncle racontait la disparition de la montre, et s'était-il aperçu que mes doigts tournaient plus fiévreusement les pages de l'album, à mesure que ce récit avançait ? Ce récit même de mon oncle, en mentionnant le fait qu'Octave avait tiré la montre de sa poche pour que je pusse l'examiner, avait-il aussitôt suggéré à cette judicieuse pensée la véritable explication ? Toujours est-il qu'à l'accent seul de la voix du vieillard je compris qu'il avait déjà l'idée que c'était moi le coupable. Je l'entends encore insistant : – « D'ailleurs, ce coquin n'est pas seulement un monstre. C'est un imbécile, comme tous les coquins. Il ignore sans doute qu'il y a un numéro dans le boîtier de toutes les montres, et par conséquent, le jour où il voudra la vendre, il sera pris… » Ainsi le meilleur ami de mon oncle me croyait un voleur ! Explique qui pourra les étranges détours de l'orgueil humain, toujours pareils, même chez un gamin de onze ans. Certes, j'étais bien criminel d'avoir, par envie, brisé, comme j'avais fait, la précieuse montre où le professeur démissionnaire avait dû engloutir ses pauvres économies d'une année. Je n'étais pas coupable de cela. Je n'avais pas volé cette montre pour la vendre, et que le docteur me crût capable de cette infamie me fit redresser la tête, avec indignation, et le regarder. Un cri de protestation fut sur mes lèvres, qui ne s'en échappa point. Il y avait dans le salon tous les habitués, et comment aurais-je pu supporter de parler devant eux ? Mais non. J'avais dû me tromper, car M. Pacotte avait déjà changé de sujet de conversation, et, ni dans la suite de l'après-midi, ni dans le souper où j'étais assis auprès de lui, il ne fit une seule allusion à la disparition de la montre d'Octave. Il fut, au contraire, particulièrement affectueux pour moi, comme s'il m'avait réellement calomnié et qu'il me dût une espèce de réparation. Expliquez cela encore. Sa sévérité depuis des mois m'était très pénible ; l'injurieux soupçon, deviné dans ses paroles m'avait révolté, et sa gâterie m'était presque insupportable ! Je sentais trop que je ne la méritais pas. En sortant, j'étouffais littéralement de honte… Combien de temps aurait duré cet état, avec les alternatives de désir d'aveu et de silence ? Serais-je arrivé à prendre sur moi de révéler ma faute à mon oncle ? Ou bien en aurais-je porté le poids – sur la pensée, indéfiniment – jusqu'à ma prochaine confession, qui serait arrivée, quand ? Mon brave oncle étant libre-penseur, je ne remplissais que le minimum de mes devoirs religieux. Qui sait ? N'aurais-je même pas menti au cours de cette confession, à force de m'être endurci dans ce silence, et peut-être dans une recrudescence de ma passion d'envie ?… Heureusement j'avais, auprès de ma jeune sensibilité, dans la personne du vieux médecin, un de ces grands connaisseurs des misères du cœur qui cherchent à faire du bien à ceux qui les entourent, moins par charité que par goût intellectuel de la loi, par amour de la santé, en eux et autour d'eux. Ce fanatique d'hygiène avait un peu, pour ses malades, le sentiment que le poète antique prête à la Déesse de la Sagesse : « J'aime les hommes comme le jardinier aime ses plantes… » Il allait me traiter comme un des arbustes de son jardin, et donner le coup de serpe juste à l'endroit qu'il fallait pour que la nature morale, un instant déviée en moi, reprît sa norme et guérit. Mais à quoi bon commenter cette belle et intelligente bienfaisance ? J'aime mieux vous la montrer, simplement. …C'était le mercredi après déjeuner. Il y avait par conséquent plus de quatre fois vingt-quatre heures que j'avais commis ma mauvaise action, et, comme à toutes les minutes depuis lors, j'y pensais, avec cette folie d'hypothèses qui obsède le criminel. Si, en balayant la terrasse, on venait à ramasser quelque morceau de verre qui m'eût échappé et que l'on reconnût pour avoir appartenu à la montre ?… Si on était obligé de nettoyer la citerne et que l'on découvrît la montre elle-même ?… Si ?… Comment aurais-je imaginé parmi tant de possibilités celle qui allait se réaliser, et effacer la trace de ma détestable scélératesse. Il pleuvait un peu et nous gardions la maison, mon oncle et moi : lui, travaillant, debout, à un tableau noir, sur lequel il traçait des x et des y, moi, lisant ou essayant de lire. Un coup de sonnette annonce un visiteur. La bonne étant sortie, mon oncle me dit d'aller ouvrir. Je vais ouvrir en effet, le cœur battant. C'était encore une de mes terreurs que le docteur se fût rendu à la police, pour communiquer ses soupçons à qui de droit… C'était lui, mais tout seul, avec un sourire de bonté où il y avait de la malice. Il ôta ses socques, son cache-nez, ses mitaines, soigneusement, méticuleusement, comme d'habitude. Il essuya ses lunettes que la pluie avait brouillées, en disant : – « Voilà un mauvais temps pour les rhumatismes… André phi m'a fait appeler ce matin. Il a la patte prise. « Vous n'avez pas de maladie, » lui ai-je répété, « vous avez une cave… Plus de vin, plus d'alcool et plus de douleurs… » Mais c'est comme ce pauvre Darian, le proviseur… Un colosse. Il m'aurait tué d'un coup de poing. Nous étions nés le même jour. Je l'ai enterré en 1845… .Sans son bon vin, il n'aurait pas eu la goutte, et, sans la goutte, il vivrait encore… Hé ! Hé !… » Puis, après un rire silencieux, et quand mon oncle l'eût invité à s'asseoir au coin du feu, il tira de la poche de son éternelle redingote marron, avec ses longs doigts, un objet enveloppé d'un papier, et il commença de le défaire, en disant : « Devinez ce que c'est que cela ? C'est l'Hermès Psychagogue de notre ami Montescot. Et devinez où je l'ai trouvé… Cette montre d'or qui a été volée à son pupille, vous avez dû vous demander avec quel argent le pauvre homme l'avait achetée ?… Moi aussi. Seulement moi, j'ai cherché. Je suis allé chez deux ou trois horlogers… Tu as l'air souffrant ? » me demanda-t-il, en s'interrompant, et c'était vrai que ce début de discours avait comme physiquement arrêté mon cœur. Puis, sur ma réponse négative, il reprit : « Enfin j'ai mis la main sur le père Courault, l'horloger-orfèvre de la rue des Notaires… Cclui-là n'a même pas attendu ma question… « Ah ! monsieur le docteur, » m'a-t-il dit dès qu'il m'a vu, « j'ai quelque chose pour vous, un bronze antique, mais là ! un chef-d'œuvre » – et il me sort d'un tiroir ceci… » Et le vieux collectionneur nous tendit la statuette de bronze, à mon oncle et à moi, cet Hermès que je reconnus tout de suite. « J'ai confessé le père Courault, » continua-t-il, « et j'ai compris enfin comment Montescot avait pu donner ce bijou de prix à son pupille… Vous savez comme il tient à ces objets qu'il a dans sa vitrine, à sa Junon, à son Apollon, à son vase grec, à cet Hermès ?... Vous savez aussi comme il aime Octave, et comme cet enfant a du mérite, quelle admirable existence il mène, depuis qu'ils sont ici ? On dirait qu'il comprend qu'il doit rendre à son protecteur en contentement tout ce que ce martyr a sacrifié pour obéir à sa foi. Montescot a voulu récompenser tant de travail, de zèle, de perfection. Sans doute l'enfant, qui ne demande jamais rien, aura un jour, en passant devant la boutique de Courault, regardé l'étalage et simplement dit : « Que j'aimerais à avoir une de ces montres !... » Et ce brave Montescot, au lieu de venir chez moi, qui lui aurais payé son Hermès ce qu'il vaut, est allé le troquer contre ce bijou, pour donner à Octave un cadeau qui lui fît un vrai plaisir... Hé bien ! c'est le plaisir de cet enfant si dénué, c'est le bonheur de ce pauvre homme si malheureux, que le voleur a volé avec la montre... Mais qu'as-tu ?... » – « Oui, » répéta mon oncle, en se tournant vers moi, « mais qu'as-tu donc ? » Des sanglots convulsifs me secouaient en effet, à travers lesquels je criais : – « Non, docteur, je ne l'ai pas volée... Je ne l'ai pas volée... » – « Tu ne l'as pas volée, » dit le médecin en faisant signe à mon oncle de ne pas m'interroger : « alors qu'as-tu fait ? Voyons, dis-nous toute la vérité !... » – « A son âge ! Une pareille perversité ! Est-ce possible ? Est-ce possible ?... » gémissait mon oncle, tandis que je confessais, à travers mes hoquets, toute ma folie, – tout ce que j'en savais du moins, – et comment j'avais été jaloux d'Octave, et pourquoi que n'avais pas pu supporter d'aller entendre la proclamation du prix d'excellence, et ma crise quand j'avais vu le bijou d'or, et le reste... – « Ne le grondez pas, » dit doucement le médecin, lorsque j'eus achevé ce récit de ma honte et de mes remords,... « il vient d'être assez puni. Et puis il a eu le courage d'avouer. C'est bien, c'est très bien, cela... D'ailleurs tout est réparé... Oui, » ajouta-t-il en tirant un petit paquet de son autre poche, « je l'ai retrouvée, moi, cette montre, et demain elle sera réexpédiée à son légitime propriétaire, qui ne saura jamais, ni qui la lui aura prise, ni qui la lui aura rendue. » Il nous fit voir un bijou, de tout point pareil à l'autre, qu'il avait acheté chez l'horloger : « Le père Courault ne nous trahira pas... N'en parlons donc plus... Mais j'exige de toi une promesse, » dit-il en mettant sa grande main sur ma tête et avec une étrange solennité : « tu vas prendre ce petit bronze, et me jurer que tu ne t'en sépareras jamais… Cache-le dans un tiroir de ta table, qu'Octave ne le voie pas, et dans ton existence, chaque fois que tu seras tenté d'envier le bonheur ou le succès d'autrui, regarde-le. Je n'ai pas peur que tu retombes… » Et le docteur Pacotte me tendait cet Hermès qui ne m'a en effet jamais quitté. Dans ma dure destinée d'artiste, souvent bien discuté, il m'a été un talisman infaillible contre la plus hideuse des hideuses passions. Le vieillard m'avait guéri, comme je crois que l'on peut guérir les enfants, en me faisant sentir toute la vilenie de mon action, et en me la pardonnant.

II

SENTIMENTS PRÉCOCES

J'ai retrouvé les pages suivantes parmi celles que m'a léguées mon défunt ami Claude Larcher. Ces feuillets faisaient sans doute partie des notes utilisables pour le grand ouvrage sur l'Amour auquel Claude travaillait quand il est mort, car il les avait rangés, avec plusieurs autres, dans une chemise qui portait cette inscription : « Sentiments précoces. » J'ai gardé ce titre en changeant seulement les noms des personnages, ayant su, après enquête, que l'histoire était strictement vraie. S'il eût vécu, Claude eût lui-même exécuté cette correction et d'autres encore. Je ne me suis pas reconnu le droit de me les permettre. Excusez donc les fautes de ces pages intimes.

I

… Parmi mes souvenirs d'enfance, celui-là demeure le plus troublant de tous. Mon expérience de la vie l'éclaire aujourd'hui d'une lueur touchante, et le drame de cœur auquel j'ai assisté alors, sans tout à fait le comprendre, revêt pour moi, de par delà les années, une poésie de mystère, poignante et tragique. Mon imagination était pourtant bien éveillée déjà, en ces temps lointains, puisqu'elle m'a permis de sentir sur le moment même qu'il y avait là un mystère. Mais comment mon innocente rêverie d'écolier de treize ans aurait-elle pu aller jusqu'à la vérité de certaines émotions ? Je m'étonne moi-même d'avoir, malgré cette innocence, deviné ce que j'ai deviné. Et puis, pensant au singulier enfant que j'ai été, je me dis quelquefois que la nature donne, à ceux qu'elle destine à être des peintres des passions, comme un pouvoir prématuré d'intuition, comme un instinct de la douleur, en avance sur leur âge et sur leur propre pensée. J'avais donc treize ans, et j'habitais avec mon grand-père, l'ancien avocat, et avec ma grand'mère, qui s'étaient chargés de mon éducation d'orphelin, une petite ville du centre de la France. Je la vois, cette ville, comme si j'étais encore le garçonnet aux cheveux ras qui, quatre fois par jour, son cartable sur le dos, faisait avec son aïeul le chemin de la maison au collège et du collège à la maison. Elle était bâtie sur une petite hauteur, dernier contrefort d'une chaîne de montagnes plus grandes, en sorte que toutes les rues étaient en pente. Un cailloutis pointu les pavait, sur lequel les semelles de bois de mes sabots avaient beaucoup de peine à ne pas glisser dans les mauvais mois d'hiver. Ces rues étaient serrées et tortueuses, utile précaution contre la bise qui arrivait tout droit de ces montagnes couvertes de neige et vous coupait le visage comme avec un couteau. Pour ce même motif, les hautes maisons de pierres noires étaient pressées, tassées les unes contre les autres. Dieu ! la mélancolique et froide ville ! Et, pourtant, c'est ma ville, la seule où je ne sois pas un étranger, un passant qui pourrait ne pas revenir. Ma ville, elle, fait partie de moi comme je fais partie d'elle. Il n'est pas un tournant d'une de ses sombres ruelles où je n'aie un fantôme à évoquer, d'un homme ou d'une femme, plus ou moins mêlé à l'histoire de mon âme, et qui, le plus souvent, ne s'en est jamais douté. Je pense, en écrivant ces lignes, au personnage masculin qui jouait, à l'époque de ma treizième année, le premier rôle dans mes préoccupations imaginatives, et qui, certes, ne pouvait guère le soupçonner. C'était un homme d'environ trente ans, venu de Paris, l'année précédente, exercer dans notre pays une fonction bien peu romanesque, semble-t-il, et peu faite pour exalter la fantaisie enthousiaste d'un adolescent : M. de Norry, c'était son nom, était conseiller à la préfecture ! Il est vrai qu'à cette époque, vers le début du second Empire, l'équipe administrative se recrutait supérieurement. Le régime y voyait sa partie forte et il y attirait les jeunes gens distingués des meilleures familles. Je comprends aujourd'hui que mon naïf engouement pour l'élégant conseiller fut, en réalité, une divination. Je viens de dire qu'il arrivait de Paris, et c'est ma première impression de Paris que je reçus, sans m'en rendre compte, à travers lui. Il était assez grand et mince, avec de beaux yeux noirs, très doux et comme veloutés, sur un teint trop pâle. Etait-ce cette pâleur qui me frappa, lors de sa première visite chez mon grand-père, et le contraste de ce teint lassé d'homme de plaisir avec les épaisses colorations des figures provinciales qui m'entouraient ? Etaient-ce d'autres particularités d'un ordre très simple ? Mais il n'est rien de simple pour l'observation compliquée de certains enfants. Dès cette première rencontre, j'avais remarqué, par exemple, que M. de Norry portait, au petit doigt de la main gauche, une bague comme je n'en avais jamais vu, composée de deux petits serpents enlacés, avec deux saphirs pour têtes. J'avais observé la finesse de sa chaussure et la fraîcheur de son linge. Je respire encore, de par delà un quart de siècle, l'arôme frais et léger de son mouchoir, et j'entends la voix de mon grand-père dire à ma grand'mère, avec un ricanement, quand le conseiller de préfecture impérial fut parti : – « Les bandits nous ont envoyé leur fleur des pois. Mais ce joli garçon perdra son temps chez nous… Ce doit être une idée de R… Nos dames ne s'y laisseront pas prendre… » J'étais bien incapable de traduire dans sa brutalité vraie la phrase du vieil avocat orléaniste, et je doute encore à présent que le ministre de l'Intérieur de 1859 ait eu le machiavélique et naïf projet d'envoyer dans notre département un séducteur professionnel, pour rallier l'opinion féminine au régime nouveau. Une bonne distribution de bureaux de tabac et de rubans rouges suffisait ! Mais ce commentaire énigmatique de mon grand-père soulignait trop le caractère d'exception comme répandu sur toute la personne de M. de Norry, pour que le nouveau venu dans notre ville ne devînt pas aussitôt l'objet de ma curiosité passionnée. Jusqu'à ce terme inusité de « Fleur des Pois » irritait encore cette curiosité. Quel rapport pouvait-il bien y avoir entre cette fleur que je connaissais si bien pour l'avoir tant vu blanchir les lignes vertes de notre potager et ce jeune homme aux belles mains, au sourire charmeur ? Qui étaient ces « bandits » dont mon aïeul parlait avec une si visible rancune et qui auraient envoyé M. de Norry chez nous, pourquoi ?… Comment R… s'y trouvait-il mêlé, un ancien avocat d'ici, jadis partisan de la monarchie de Juillet, comme mon oncle, aujourd'hui brouillé avec lui et ministre ! Si je n'avais pas « cristallisé » autour de ces premières sensations avec toute la force imaginative de mes treize ans, il est probable que la petite tragédie à laquelle j'arrive aurait passé pour moi inaperçue, et si j'avais été un enfant plus calme, moins emporté par la folle du logis sur des chemins dangereux pour son âge, il est bien probable aussi que ma vie d'homme plus tard eût été plus heureuse et moins meurtrie. Mais il était écrit que, tout jeune et dans ce coin paisible de province, la poésie des sentiments coupables me serait révélée avant l'heure. On va voir comment.

II

Nous habitions dans la vieille ville, le second étage d'une antique maison construite, je ne saurais dire à quelle époque, sans beaucoup de style. Les pièces en étaient très hautes, et, sur le derrière, s'étendait un jardin très beau et très grand, dont nous partagions la jouissance avec le propriétaire qui habitait le premier. C'était un M. François Real, un des trois ou quatre gros seigneurs terriens du pays, de ceux à propos desquels les petits rentiers de notre société prononçaient avec respect le mot de « millionnaire », et lui-même avait cette forte carrure, cette façon de marcher, de saluer, de rire, de parler, qui révèle l'homme considérable. Quand je me le représente, à distance, avec sa grosse face aux larges traits qu'encadraient des favoris roussâtres et coupés courts, avec le luisant jaune de son œil finaud et gouailleur, avec la m oue de sa lippe insolente, je me rends compte que j'ai connu en lui un type accompli du butor provincial, qui n'a que trois goûts passionnés : la chasse, la table et son argent. Comment ce détestable manant se trouvait-il avoir épousé une femme aussi délicate qu'il était commun, aussi jolie et fine qu'il était malotru ? C'était la banale histoire du mariage d'un richard, fils et petit-fils d'usuriers, acheteurs de biens nationaux, avec une demoiselle noble et ruinée. Mme Réal était, par son père, une Visigniers – de ces Visigniers, dont le château écroulé, demeure une des curiosités du pays. De cette union, que ce grossier Real avait évidemment voulue par brutal orgueil plébéien, une fille était née, plus âgée que moi de quatre ans, une adorable enfant toute pareille à sa mère, et ma naturelle compagne de jeu pendant toute mon enfance. Mais, depuis quelques années, je ne la voyais plus guère. Elle achevait son éducation dans un couvent réputé comme aristocratique, – ce qui faisait dire à mon grand-père qui avait un peu les préjugés voltairiens d'un grand bourgeois admirateur de Louis-Philippe, cette autre phrase, plus énigmatique encore pour moi que celle sur la Fleur des Pois : – « Si ce faraud de Réal voulait que sa femme tournât mal, il ne s'y prendrait pas autrement… Il avait la chance d'avoir cette fille. C'était le salut de sa mère… Et il la met au Sacré-Cœur, par vanité !… Vous verrez ce qui arrivera. Seule, pas heureuse, – il sera de la confrérie, c'est inévitable… Et cette charmante créature ! Quel dommage !… » Que de fois ces mots inexplicables m'étaient revenus à l'esprit, tandis qu'au lieu de faire mes devoirs, je regardais, caché sous le rideau, par les vitres de la fenêtre, la jolie Mme Réal, – de son prénom Marguerite, – se promener, un livre à la main, sur le sable des allées. Je voyais sa silhouette, restée si souple et si jeune, de femme de trente-cinq ans. Son délicat profil se détachait sur un fond de verdures et de fleurs, si c'était l'été, et si c'était l'automne, sur les épaisseurs fauves des feuillages fanés. La soie d'or de ses cheveux luisait sous son chapeau de jardin. Ses mains, toutes blanches, à travers la dentelle de ses mitaines noires, ouvraient, refermaient le livre. Ses pieds minces dépassaient, au rythme de sa marche, le bord de sa robe, et ses yeux se relevaient de leur lecture pour s'égarer sur l'horizon des montagnes qui dentelaient le ciel, pardessus les murailles du clos, revêtues d'un lierre, où le vent faisait courir un frisson. Je me répétais la phrase de mon grand-père, sans en rien comprendre, sinon qu'un danger menaçait cette idéale et douce tête, et les mots inexplicables, les uns comiques et vulgaires, les autres attendrissants, me faisaient rêver indéfiniment : – Tourner mal ? J'avais entendu dire d'un de mes cousins, qu'il avait mal tourné. Il s'était engagé dans les dragons comme simple cavalier !… – Confrérie ? Je connaissais une confrérie, celle du Scapulaire, dont faisait partie ma grand'mère, aussi pieuse que mon grand-père l'était peu… – Quel dommage ! Cette exclamation me touchait d'une pitié qui s'étendait, par une émotion inintelligible à moi-même, de la mère à ma petite amie, à la jolie Isabelle, avec qui j'avais tant couru sur le sable de ces mêmes allées, avant que la vanité paternelle incriminée par le vieil avocat libre penseur ne l'eût emprisonnée au couvent, et quand je me remettais à mon travail, l'angoisse de ce mystérieux danger, suspendu sur ces deux êtres, me saisissait quelquefois si fortement que j'avais envie de pleurer…

III

Quel fut le jour exact où mon esprit d'enfant observateur commença d'associer l'image de l'homme qui m'avait produit une si forte impression, lors de sa première visite, et celle de la mère mal mariée de mon amie absente ? Je ne saurais le dire. Il était trop naturel que M. de Norry, en sa qualité de fonctionnaire, fût en relations avec les notables de la ville, et sa présence plus ou moins fréquente dans la maison où habitaient deux de ces notables, mon grand-père, Maître Gaspard Larcher, et M. François Réal, ne m'aurait certainement pas frappé, si, de nouveau, ce brave grand-père, qui, décidément, ne se défiait pas assez de mon précoce éveil d'intelligence, n'eût prononcé devant moi une autre parole imprudente. Nous revenions de promenade, vers quatre heures de l'après-midi. Il n'y avait pas eu de classe ce jour-là. Ce devait donc être un dimanche ou un jeudi de l'automne de 1859. Devant la porte de notre maison, stationnait une voiture, que je reconnus aussitôt. C'était un buggy à deux roues, le seul de la ville, et qui appartenait précisément au personnage, objet de mon admiration. Il y attelait un poney très doublé, d'un modèle unique aussi dans notre pays de bidets de montagnes, taillés en chèvres. La bête du conseiller de préfecture avait le garrot énorme, la poitrine large, des reins et une croupe de cob. Elle était très velue, avec des pattes courtes toutes noires sous le corps d'un gris pommelé. La crinière était coupée au ras de l'encolure, et dans son harnais d'un cuir verni, sur lequel se détachait, aux places voulues, une couronne de comte en argent, cet animal m'émerveillait autant que son maître. Ou plutôt mes deux ébahissements se confondaient l'un avec l'autre, quand le jeune homme passait dans cette légère voiture, au trot allongé de cet agile poney. Je le contemplais comme j'aurais fait du Phaéton des Métamorphoses d'Ovide, que je traduisais alors, s'il eût promené le char du Soleil sur le pavé pointu des rues de notre ville. Je n'eus pas plutôt aperçu cet attelage, de l'extrémité de la place, que je m'écriai vivement : – « Mais c'est la voiture de M. de Norry !... » – « Où cela ? » me demanda mon grand-père, dont la vue commençait de baisser, dès cette époque. – « Mais devant la porte de notre maison. » – « Ah ! » reprit mon oncle, « il est encore venu la voir aujourd'hui !... » Il n'ajouta pas un mot à cette exclamation. Il l'avait jetée, comme se parlant à lui-même, avec un accent si particulier que j'en demeurai tout saisi. Je n'eus pas besoin de lui demander quelle était la personne que le possesseur du cheval miraculeux venait voir « encore aujourd'hui. » J'avais rencontré M. de Norry, la veille, à la même heure, comme je revenais du collège, mais sans sa voiture, cette fois, et se dirigeant vers notre maison. Je l'y avais vu entrer, et il n'avait pu rendre visite qu'à Mme Réal puisqu'il n'était pas monté chez ma grand'mère. Pourquoi ces deux visites si rapprochées l'une de l'autre, préoccupaient-elles mon aïeul à un tel degré ? Sa voix avait changé, son visage s'était soudain assombri, et il eut un geste presque brusque pour m'empêcher de m'arrêter, fasciné devant le poney qui devait stationner là depuis assez longtemps déjà, car il avait, de son sabot impatient, creusé une large place dans le sol, et son cocher, debout devant lui, frappait lui-même des pieds contre la terre, comme un homme qui se sent glacé par l'immobilité de l'attente. Tout ce tableau, éclairé par la lueur triste d'une fin de jour de novembre, est présent devant mes regards à cette minute, et les petites roses qui remuaient aux oreilles du cheval à chaque ébrouement de sa grosse tête, et la haute taille de mon grand-père s'engouffrant sous la haute porte cochère, et m'y entraînant avec lui, et je retrouve non moins présente ma sensation qu'entre Mme Réal et M. de Norry, il se passait, ou allait se passer, quelque chose qui le contrariait prodigieusement.

IV

Quelque chose ? Mais quoi ? En cherchant à reconstituer, avec mon intelligence d'homme fait, les pénombres de ma conscience d'enfant, je n'arrive pas à bien concilier deux faits, absolument certains et contradictoires : d'une part, l'ignorance entière où j'étais des réalités de la vie, le trouble profond, d'autre part, où me jeta cette parole soupçonneuse, qui aurait dû n'avoir pour moi aucune espèce de sens. Mon grand-père n'avait pas dit que M. de Norry courtisait Mme Réal, ni qu'il en était amoureux. Pourtant, c'était cela que j'avais compris. Comment l'avais-je compris ?

De quel prestige était déjà revêtu, pour mon imagination, ce sentiment de l'amour, qui ne me représentait que la plus chimérique et la plus indéterminée des exaltations ? Je n'en sais rien. Mais ce dont je suis sûr, c'est que je n'avais rien connu de pareil à ce trouble éveillé en moi, – à la fièvre de dévorante curiosité dont je fus soudain consumé, – à mon anxiété de savoir ce que M. de Norry et Mme Real éprouvaient à l'égard l'un de l'autre. – Trouble, fièvre et anxiété qui eurent pour plus clair résultat – je n'ét ais qu'un enfant, – de me faire obtenir au collège quantité de mauvaises notes, car, au lieu de travailler soigneusement, comme jadis, à mes devoirs, ma principale occupation consista, pendant plusieurs semaines, à pratiquer le plus enfantin aussi et le plus inefficace des espionnages. Tantôt c'était un prétexte que j'imaginais pour descendre, au milieu d'une version latine ; et je dégringolais le grand escalier de pierre, quatre marches par quatre marches, pour voir si le buggy, attelé du poney pommelé aux jambes noires, stationnait devant notre porte. Tantôt je collais mon front, infatigablement, aux carreaux de ma fenêtre, pour suivre des yeux Mme Réal en train de se promener dans le jardin ; et ces promenades se multipliaient, se prolongeaient, quoique la saison avancée les rendît de moins en moins agréables. La jeune femme n'y emportait plus de livres maintenant. Ses minces épaules drapées dans un châle de cachemire, elle allait, nu-tête, les bras croisés, foulant du pied les feuilles mortes que le vent soulevait parfois autour d'elle, et il arrivait, par les heures de soleil, qu'une de ces feuilles blondes, tombant d'un arbre, tournait, tournait dans la lumière, pour se poser sur ses cheveux d'un blond plus doré encore. Elle ne s'en apercevait même pas, abîmée dans des pensées que j'avais comme un appétit physique de connaître. Aujourd'hui, l'énigme de ces longues promenades m'est si claire ! La romanesque provinciale en était, dans la cour que lui faisait le spirituel Parisien, à la période des combats intimes, des révoltes secrètes, des désirs tour à tour élancés et comprimés. Mes pauvres treize ans n'avaient jamais connu encore cette douloureuse invasion du cœur par un désir criminel. Comment devinai-je la tragédie silencieuse dont la songeuse de ce jardin d'automne était la victime ? Et je la devinais... Oui, je devinais que seule, en fait, le long de ces allées, elle n'était pas seule en pensée. Je devinais quelle image l'accompagnait durant ces longues heures de méditation, qui elle évoquait et repoussait tour à tour, et la preuve en est dans mon absence d'étonnement, lorsqu'une après-midi, m'étant mis comme d'habitude à mon poste d'observation, je vis que cette fois elle avait auprès d'elle, dans la visite au paisible jardin, M. de Norry lui-même. Mon Dieu ! que cette scène m'est présente encore, et fallait-il que ce mystère mordît sur mon imagination à une profondeur extraordinaire, pour qu'aucun détail d'un épisode aussi simple ne se soit aboli de ma mémoire ?... Voici que de nouveau le ciel natal m'apparaît tout voilé, tout ouaté, ce jour-là, d'une brume douce, et les bordures de buis des allées, et les chênes avec leur ramure couleur de rouille, et les platanes avec leurs grandes feuilles couleur de cuivre, et l'amoureux et l'amoureuse, et le carreau de la fenêtre que mon haleine embuait par instants, et voici que de nouveau j'éprouve un sursaut d'épouvante, celui d'un voleur pris sur le coup. La main de mon grand-père est sur mon épaule, et j'entends sa voix qui me dit : – « Que fais-tu là ?... Puisque tu ne travailles pas, va jouer dans le jardin... Va jouer ! » répéta-t-il. Pourquoi avait-il, en me donnant cet ordre, si contraire à toute discipline, cet impérieux regard ? Pourquoi, affranchi soudain de mon travail, au lieu de descendre l'escalier avec l'allégresse qui eût été naturelle, tremblais-je de tous mes membres ? Pourquoi avais-je une épouvante de timidité maintenant, à l'idée de mêler mes jeux d'enfant à la promenade de Mme Réal et de M. de Norry ?... Et déjà j'étais dans le jardin, sûr que, derrière la vitre où je me dissimulais tout à l'heure, mon terrible aïeul se tenait debout, à me surveiller. Pour me donner une contenance, je me mets à courir dans une allée, droit devant moi, sans but, puis dans une autre. J'arrive ainsi dans le fond du jardin, à la porte d'une espèce de pavillon, – une tonnelle rustique plutôt, où nous allions quelquefois prendre le frais en été, – et je vois, devant la porte, les deux promeneurs, à la poursuite desquels mon oncle m'avait si évidemment envoyé. Leur attitude disait trop, même à des regards innocents comme les miens, la lutte qui se livrait entre eux : lui, tenant la jeune femme par la main et l'attirant vers le pavillon, – elle essayant de retirer sa main et se refusant à le suivre... Ils m'aperçurent.

M. de Norry devint tout pâle et laissa tomber la main de Mme Réal... Ah ! toute ma vie je verrai ce sourire frémissant de jeune femme, ses beaux yeux, où passait un éclair d'effroi tout ensemble et de délivrance, et j'entendrai sa voix m'appeler et me dire, étouffée et implorante : – « C'est toi, Claude... Quel bonheur !... Quel bonheur !... Ne t'en va pas. Nous allons nous promener, et tu m'aideras à cueillir un bouquet de houx... » Et elle répétait : « Ah ! mon petit Claude ! Ah ! quel bonheur !... »

V

... Ici mes souvenirs se brouillent, sans doute parce qu'à la suite de cette scène, comme il est probable, Mme Réal et M. de Norry me considérèrent, pour des raisons différentes, comme un témoin dangereux. Peut-être cette scène les avait-elle simplement rendus plus prudents. Peut-être aussi des pensées plus conformes à mon âge absorbèrent-elles mon attention. Nous approchions de Noël et du jour de l'An, et la curiosité de mes étrennes toutes voisines l'emporta, j'imagine, sur tout autre sentiment. Ce que je me rappelle très nettement, avant l'autre scène à laquelle j'arrive, c'est que mon grand-père m'interrogea en détail sur l'emploi de mon temps dans le jardin, au retour de ma promenade avec M. de Norry et Mme Réal. Je lui racontai, non moins en détail, notre cueillette de branches de houx le long du mur du fond, et je ne lui mentionnai même pas le pavillon !... Une invincible pudeur, je ne trouve pas d'autre mot, me ferma la bouche. Je me rappelle aussi que led it grand-père s'absenta, vers cette époque, pour quatre ou cinq jours. Il fit un voyage à Paris, dont le motif m'est rendu aujourd'hui intelligible par le nom du ministre de l'Empereur dont j'ai déjà parlé. M. Larcher avait trop souvent stigmatisé la trahison de l'infâme R..., passé au bonapartisme, pour que je ne fusse pas bien étonné de l'entendre, à son retour, dire à sa femme, après lui avoir nommé le personnage : – « Hé bien ! Je l'ai vu, et ça sera fait au prochain mouvement... Il me l'a promis... Nous avons pleuré comme deux vieilles bêtes quand nous nous sommes revus... C'est un vieil ami tout de même. Et puis c'était le seul moyen... Mais est-il temps encore ?... Ca m'a coûté, tu sais... »

Le brave homme était allé demander à son ancien ami le changement du conseiller de préfecture !… Cette démarche-là, aucun instinct romanesque ne pouvait me la faire deviner. Je pressentis bien, à l'accent des deux vieilles gens, qu'il devait s'agir encore de M. de Norry, mais d'une manière trop indécise pour que je me souvienne des pensées que ce voyage à Paris dut me suggérer, au lieu que toutes les ténèbres du passé se dissipent, et que je revis avec une acuité presque douloureuse, tant elle est intense, les sentiments que j'éprouvai pour ce même M. de Norry, deux semaines environ après ce retour de mon oncle… C'était le soir du 6 janvier 1860. J'ai une raison de nouveau pour savoir la date avec exactitude, puisque nous étions tous réunis chez Mme Réal au dîner du jour des Rois… La salle à manger de province était toute remplie du tumulte de la fin d'un long repas. La vaste table était éclairée par une vieille lampe carcel suspendue au centre d'un lustre parmi vingt bougies. Je vois encore le trou carré, par où on introduisait la clef indépendante qui la remontait. M. François Réal présidait, haut en couleur, échauffé par les vins, ayant à sa droite ma grand'mère, très digne avec ses longues anglaises blanches. Mon grand-père était à la droite de Mme Réal, qui avait à sa gauche M. de Norry. La physionomie de la jeune femme, altérée par la lutte qu'elle soutenait contre elle-même depuis plusieurs mois, faisait ce soir-là mal à voir. Ses grands yeux bleus brûlaient d'une espèce de clarté fiévreuse, et la pâleur de son teint avait un éclat de porcelaine. Quelque chose de douloureux émanait de sa personne, qui contrastait de la manière la plus saisissante avec la joie singulière des yeux et du visage de son voisin. Le conseiller de préfecture ne m'était jamais apparu dans un tel rayonnement de beauté virile et dans un tel prestige de supériorité. Une certitude de triomphe était comme répandue sur tout son être, et ses moindres mouvements, ses gestes, ses regards, ses sourires, étaient empreints de cette grâce conquérante, que l'homme peut avoir aussi bien que la femme, à de certains moments. Je n'étais pas seul à constater cette transformation de l'amoureux qui se croyait à la veille de devenir l'amant (car je suis bien sûr qu'il ne l'était pas encore. Non. Mme Réal n'aurait pas eu, si elle lui eût cédé déjà, cet égarement de souffrance autour de sa bouche et dans ses prunelles.) La visible préoccupation de M. Larcher attestait qu'il trouvait que le déplacement, promis par son renégat d'ami, tardait beaucoup, et, plus que cette préoccupation de mon grand-père, plus que cette fièvre de Mme Réal, ce qui me frappait durant ce dîner, ce qui me poignait, au point de me faire, pour la première fois, haïr cette beauté de M. de Norry, cette élégance, cette supériorité, tout ce qui le mettait à part des provinciaux réunis là, c'était qu'une autre personne fût hypnotisée par lui ; – et cette personne était ma voisine à moi, la charmante Isabelle Réal, venue de son couvent pour passer les fêtes dans sa famille. Je l'avais retrouvée plus jolie que jamais, plus pareille à sa mère par l'aristocratique finesse de ses traits et de ses manières ; mais si grandie, si changée, si perdue pour moi ! Les quatre ans qui nous séparaient en semblaient six, en semblaient dix. J'étais encore un petit garçon. Elle était déjà une jeune fille. Ses cheveux blonds ne tombaient plus, comme autrefois, en longs anneaux ondulés sur ses épaules. Ils étaient relevés en un chignon serré. Sa robe longue allongeait sa taille. Ses gestes, un peu brusques et masculins jadis, s'étaient comme assouplis, comme affinés. Elle avait eu, pour me dire bonjour, quand nous nous étions revus, une familiarité à la fois affectueuse et distante, qui m'avait d'autant plus peiné que je m'étais senti moi-même si étrangement intimidé devant elle, et voici qu'à cette table de dîner, cette sensation d'un abîme, tout d'un coup creusé entre nous, ne faisait que se préciser. En même temps, une autre douleur naissait en moi, une jalousie soudaine, animale, irrésistible, à l'égard du jeune homme assis à côté de Mme Réal, et vers qui allaient tous les regards, tous les intérêts, toutes les impressions, toutes les pensées de ma voisine. Pure comme elle était, et transparente d'âme autant que de regard, Isabelle ne songeait même pas à cacher l'admiration naïve que lui inspirait le voisin de sa mère : – « M. de Norry est beau, ne trouves-tu pas ?... » m'avait-elle dit, au moment où nous nous mettions à table, et je lui avais répondu, par un instinct de contradiction qui prouve que l'homme est déjà tout entier dans l'adolescent : – « Mais non, je ne trouve pas. Il est trop pâle d'abord... » – « Ah ! » m'avait-elle répondu : « c'est si distingué !... » J'avais pu, tandis qu'elle me prononçait cette phrase enfantine de pensionnaire, m'apercevoir moi-même dans une des glaces qui garnissaient le mur, avec mes joues rougeaudes et hâlées de galopin toujours à l'air. Je n'avais pas répliqué, mais j'avais commencé de souffrir, et, tout de suite, une idée s'était emparée de mon esprit : « On va tirer le gâteau des Rois. Pourvu qu'Isabelle n'ait pas la fève !... Je suis sûr que c'est lui qu'elle choisirait... » Je n'eus pas plutôt conçu cette possibilité qu'elle fit certitude dans ma pensée. Ma gorge se serra. Une insupportable angoisse d'attente m'étreignit le cœur, qui ne fit que s'accroître et s'accroître encore, à travers les interminables services d'un succulent festin de province, jusqu'à la minute où l'on déposa devant Mme Réal l'énorme galette dorée, déjà divisée en autant de parts que nous étions de convives... Les domestiques vont, remettant à chacun un mince morceau. Les couteaux et les fourchettes dépiautent gaiement la pâte feuilletée qui exhale sa cordiale odeur de beurre frais et d'épices... Un petit cri de joie éclate à côté de moi. Mon pressentiment se réalisait : Isabelle avait la fève. – « C'est moi la Reine », disait-elle, et, pour une seconde, l'enfant qu'elle était hier reparaissait sous la demoiselle d'aujourd'hui. Elle battait des mains, en répétant : « Je suis la Reine », et aussitôt une voix lui répondit, qui la fit devenir toute grave et toute rouge, celle de son père qui lui criait : – « Tu es Reine. Il faut te choisir un Roi... » Elle regardait autour de la table, comme hésitante, et tous les visages des hommes étaient tendus de son côté, les uns avec malice, les autres avec curiosité. Le visage de M. de Norry se tournait aussi vers elle, avec cette expression de condescendance qu'il devait avoir pour une petite fille. Elle était pour lui ce que j'étais pour elle, l'être qui ne compte pas. Et je percevais cela avec le reste, cette indifférence amusée qui m'irritait davantage encore. Isabelle semblait toujours hésitante. Un instant ses prunelles bleues se fixèrent sur moi. J'eus l'illusion qu'elle allait me choisir. Ces claires prunelles passèrent de nouveau du côté de celui que j'avais prévu, et, plus rougissante encore, elle balbutia plutôt qu'elle ne dit : – « Je prends M. de Norry pour mon Roi... » – « Alors », reprit M. Réal, « remplis ton verre de Champagne et va trinquer avec ton Roi... » Isabelle prit dans sa main la flûte de mousseline, où le domestique versa le vin pétillant qui se couronna de sa mousse légère, et elle se leva pour marcher vers M. de Norry. Là, comme elle lui tendait son verre avec un sourire ému pour le choquer avec le sien, le jeune homme, par un geste de câline affection qui prouvait combien il la considérait comme une enfant, lui prit la main, et, l'attirant à lui, posa ses lèvres sur son front… A peine eus-je le temps de sentir la morsure de la jalousie, devant cet innocent baiser, car j'entendis tout d'un coup la voix de mon grand-père, cette fois, qui disait : – « Mais, madame Réal, qu'avez-vous ? Qu'avez-vous ?… Elle se trouve mal… Vite de l'air… » – « Ce ne sera rien, » répondit la mère d'Isabelle. « C'est la chaleur sans doute… Messieurs, je vous demande pardon… » Elle fit un effort, pour sourire et pour se lever, puis elle retomba en arrière, évanouie.

VI

– « Hé bien ! » disait mon grand-père à sa femme en lui tendant le journal une semaine ap rès ce dîner des Rois, si étrangement interrompu, « R… a tenu sa parole, notre oiseau s'envole, il est nommé à Marseille. C'est encore un avancement. » – « Est-ce que Mme Réal le sait ? » demandait ma grand'mère. – « Je suppose que Réal le lui aura dit » répondit mon oncle. « Elle ne s'est pas levée depuis son évanouissement. En voilà un, ce Réal, qui me devra une fière chandelle », conclut-il après un silence « mais il n'en saura jamais rien. D'ailleurs, ce que j'ai fait, je ne l'ai pas fait pour lui… Enfin, elle est sauvée… » M. de Norry quitta en effet la ville pour gagner son nouveau poste, sans avoir revu Mme Réal qui mit bien des jours à se relever de ce que les médecins qualifièrent du nom de fièvre nerveuse. Et elle fut sauvée du séducteur. – Par cette fièvre ou par mon grand-père ? Le digne avocat est mort persuadé qu'il était l'auteur de ce sauvetage. Aujourd'hui que l'enfant qui écoutait, tapi dans un coin, les propos des deux vieilles gens, sans qu'ils y prissent garde, est devenu un homme, il n'est pas tout à fait de l'avis de son aïeul, et il ne croit pas davantage à la vérité de cette fièvre. Il se rappelle la mère regardant sa grande fille, toute troublée, presque amoureuse et qui offrait son front au baiser de celui qu'elle allait prendre pour amant – Et il croit que c'est cette vision-là qui a empêché cette femme d'aller plus loin sur la dangereuse route…

III

RÉSURRECTION

I

Lentement, tristement, Elisabeth de Fresne avait gravi la pente de la colline, boisée et close d'un mur, qui servait de parc à sa villa. Elle s'était assise, à même le roc, sur la terrasse, ménagée là en des jours plus heureux et d'où ses yeux pouvaient voir l'un des plus vastes paysages de mer et de montagnes qui soit en Provence, si beau qu'il a valu à cette partie des environs d'Hyères le surnom de Costebelle. A ses pieds, les cimes inégales des pins d'Alep verdoyaient, frissonnaient sous la brise venue du golfe qui lui-même bleuissait plus loin, fermé, d'un côté, par les deux longues et minces chaussées de la presqu'île de Giens, de l'autre, par la pointe fortifiée de Brégançon. L'île de Porquerolles et ses rochers dentelés, celle de Port-Cros et sa Vigie, celle du Levant et ses landes nues barraient là-bas l'horizon. A la gauche de la jeune femme, s'étendait la sombre chaîne des Maures, au bas de laquelle Hyères elle-même étageait ses maisons blanches. Et le radieux soleil enveloppait d'une gloire cette forêt, ces flots, ces îles, ces collines, ces façades lointaines, – un divin soleil de la fin de mars, qui, plus près, caressait la villa peinte en rose et les allées du jardin attenant au parc, avec leurs mimosas fleuris, leurs bordures d'iris violets, d'œillets blancs et rouges, leurs massifs de roses pâles et de larges anémones. Dans le petit bois de pins, des bruyères, hautes comme des arbres, remuaient au vent de mer leurs grappes d'un blanc très doux, les lauriers-thyms leurs bouquets d'un blanc très clair. Cette brise roulait, avec cet arôme marin, la senteur mêlée de ces résines et de ces corolles, celle aussi des plantes sauvages, des romarins et des cystes. De ci de là, les formes des végétaux exotiques s'apercevaient confusément : les larges palmes des dattiers, les poignards tordus des agaves, les barbes aiguës des yuccas. Et cette adorable vision d'un printemps presque oriental s'achevait, s'enchantait, s'ennoblissait d'un charme plus pur encore par le tintement pieux d'une cloche de chapelle. Cette voix de la petite église qui domine toute cette contrée et s'appelle du beau nom de Notre-Dame de Consolation, s'épandait dans cet air lumineux, balsamique et tiède, par frêles vibrations argentines. Elle annonçait que cette glorieuse matinée de printemps était aussi la matinée de Pâques, et cette fête de la résurrection s'harmonisait si bien avec l'universelle joie de vivre, partout éparse, que cette merveilleuse nature semblait, elle aussi, par ce soleil, par cette mer, par ces fleurs, proclamer le triomphe de l'Amour qui a vaincu la Mort...

II

Hélas ! c'était justement cette fête de la Vie, dans la Nature et dans l'Église, dans le ciel visible et dans l'invisible, qui accablait la jeune femme d'une plus cruelle mélancolie, par ce miraculeux matin de Pâques. Le sombre crêpe dont elle était vêtue, et qui parait d'une grâce attendrissante sa délicate beauté blonde, racontait un deuil, porté plus désespérément dans son cœur. Ses doux yeux bleus, presque ternis d'avoir trop pleuré, semblaient blessés par le rayonnant éclat du beau jour. Son front pâli se voilait d'une pensée plus douloureuse, à chaque sonnerie de la cloche. Elle avait perdu un fils – son unique fils – quatre mois auparavant, et, dans cette âme de mère, la blessure ouverte saignait davantage, à regarder cette féerie du printemps nouveau que son cher André ne verrait pas, à écouter cet appel vers un Dieu qu'elle ne priait plus, qu'elle ne pouvait plus prier depuis qu'il lui avait pris son enfant. Assise sur la chaude terrasse, elle regardait de ce machinal et indifférent regard de désespoir. De tous les points de l'admirable horizon des images s'élevaient pour elle, et des cortèges d'idées suivaient ces images, qui lui rendaient plus précis, plus intolérables les moindres détails de son malheur. Cette mort presque soudaine d'un garçon de six ans, emporté par une méningite en quelques jours, c'était déjà une bien dure épreuve. Des circonstances personnelles en avaient aggravé le poids encore, et la jeune femme les réalisait à nouveau, une par une, devant ce paysage, chargé pour elle de tant de passé… Cette eau miroitante du paisible golfe, c'était la mer, l'infranchissable mer, sur laquelle Ludovic de Fresne, son mari, avait dû partir pour l'extrême Orient, dix mois plus tôt. Elle avait accompagné le lieutenant de vaisseau à Toulon, épouse si tourmentée, mère si heureuse ! Et maintenant qu'elle aurait eu tant besoin de lui, pour supporter l'horrible chose, des milliers et des milliers de lieues les séparaient l'un de l'autre. Quand reviendrait-il lui dire les paroles qui lui rendraient le courage de vivre pour faire son devoir ?… Quel devoir ? Le son de la cloche qui annonçait la messe, à laquelle sa révolte intérieure l'empêchait d'assister, le lui répétait trop nettement. Si Mme de Fresne s'était mise debout, elle aurait pu, sur le ruban de route, qui, de la porte de la villa, serpente à travers les bois jusque vers la chapelle, apercevoir une voiture traînée par un poney, et, dans cette voiture, deux enfants en deuil comme elle, un garçon de neuf ans, une fillette de huit. Ces deux enfants, Guy et Alice, étaient ceux de son mari, qui les avait eus d'un premier mariage. Elle se souvenait. Quand elle avait épousé l'officier de marine, qui était en même temps son cousin, comme la pitié pour les deux orphelins avait été sincère en elle ! Comme toute sa conscience s'était tendue à leur remplacer la morte, au point qu'à leur âge de neuf et dix ans, ils ignoraient qu'elle ne fût pas leur vraie mère ! Quand elle avait eu elle-même un fils, avec quel scrupule elle s'était appliquée à ne jamais montrer une préférence à celui-ci ! Elle n'avait même pas eu besoin d'effort. Tant que les trois blondes têtes avaient couru, joué, ri autour d'elle, son cœur s'était naturellement partagé entre elles trois… Pourquoi n'en était-il plus ainsi maintenant ? Pourquoi ?… La jeune femme n'avait qu'à se tourner à gauche, vers un point qu'elle connaissait trop bien, pour avoir la réponse à cette question. Là-bas, par delà les dernières maisons de la ville, une dépression marquait le creux d'une vallée, celle du cimetière. Depuis le jour où elle avait vu de ses yeux, – son courage était allé jusque-là, – le petit cercueil de son pauvre André glisser le long des cordes dans le caveau fraîchement creusé, une atroce impression s'était emparée d'elle, qu'en vain elle avait combattue, qu'elle combattait toujours, et toujours en vain ; et, par cette matinée de fête, elle l'avait sentie plus forte dans son cœur. Elle ne pouvait pardonner aux deux enfants de son mari d'être gais, d'être jeunes, de marcher, de parler, de respirer, d'exister enfin, tandis que l'autre, le petit, son petit, gisait immobile dans sa tombe. Elle n'avait pas seulement cessé de les aimer. Par moments il lui semblait, et tout son être en frissonnait de remords, qu'elle les haïssait, comme s'ils eussent volé à l'absent sa part de joie, de santé, de lumière. De les entendre l'appeler : « Maman » lui donnait une maladive et cruelle envie de leur crier : « Taisez-vous, je ne suis pas votre mère !... » afin que ces deux syllabes ne lui fussent plus adressées par personne, puisque la chère et fine bouche qui seule avait le droit de les prononcer vraiment ne devait jamais les lui redire. Ce matin, cette passionnée rancune contre ses beaux-enfants l'avait remuée plus profondément. Elle avait voulu, comme les autres années, leur remettre elle-même leurs œufs de Pâques. Elle pouvait se rendre cette justice en effet : plus cette injuste haine grandissait dans son âme, plus elle appliquait son énergie à n'en rien trahir dans ses actes. Les enfants étaient donc venus dans sa chambre. Elle avait vu leurs yeux éclairés par la fièvre de l'impatience, leurs mains ouvrir en tremblant les gros œufs de bois colorié, leurs visages s'extasier devant les objets qu'elle leur avait choisis : une jolie épingle pour le petit garçon, une chaîne avec une croix pour la fille... Dieu ! Les innocents mais les durs bourreaux, et qui lui avaient retourné le couteau dans le cœur rien qu'à lui montrer leur joie naïve, ce plaisir de vivre et d'être au monde, qui égayait même leurs vêtements noirs ! L'autre lui était apparu en pensée, avec un reproche d'être oublié dans ses yeux sans chaleur. Un sanglot lui était monté à la gorge, qu'elle avait eu pourtant la force d'étouffer, et c'est pour tromper un peu cette surprise aiguë de sa douleur qu'elle était venue seule, tandis que Guy et Alice se rendaient à la messe, s'asseoir sur cette terrasse déserte. N'aurait-elle pas dû savoir pourtant que sa plaie intime s'aviverait dans cette félicité de toute la nature, au lieu de s'y endormir ?

III

L'eau du golfe continuait de miroiter et de bleuir, les îles de dresser leurs falaises violettes sur l'horizon sans nuages, les montagnes de développer leurs molles, leurs voluptueuses lignes, les fleurs d'exhaler leurs parfums, les pins d'Alep de tamiser, de filtrer la lumière en une impalpable poudre d'or, les exotiques arbustes de palpiter sous ce ciel, comme au ressouvenir des lointains climats, patries de leurs puissantes essences. La cloche seule s'était tue dans la tour ajourée de la chapelle. Et dans ce silence de la campagne heureuse, les voix du regret et du désespoir grondaient, grondaient toujours plus violentes au fond du cœur de la mère, – la voix de la révolte aussi, et de la haine ! Une fois de plus, les impressions trop pénibles que lui inflig eait le contraste, entre cette fête de la vie, épanouie autour d'elle, et son irréparable deuil, se ramassaient dans cet étrange sentiment d'une irrésistible antipathie contre le bonheur de ses beaux-enfants. C'était dans les profondeurs de son être intime, le soulèvement d'une colère envieuse qui lui faisait honte sans qu'elle pût s'en rendre maîtresse. Oui, elle enviait, à ce demi-frère et à cette demi-sœur de son André, tout ce printemps que son cher petit mort ne pouvait plus respirer, tout cet avenir illimité que leur adolescence avait devant soi. Elle s'étonnait elle-même de leur en vouloir avec cette frénésie d'aversion, et sans qu'elle en pût donner d'autre motif, sinon qu'à la seule idée de leur visage, elle se sentait des entrailles de marâtre, et, contre ces fruits du premier lit, une instinctive, une furieuse horreur, dont elle ne se croyait pas capable… Certes, c'était bien injuste. Mais y a-t-il une justice en ce monde ? Non, les deux enfants ne méritaient pas que la seconde femme de leur père, celle à qui l'absent les avait confiés, les enveloppât l'un et l'autre dans cet inique ressentiment. Mais elle-même, avait-elle mérité que son ange lui fût ravi de cette soudaine et terrible manière ?… Cette femme, qui avait été pieuse et douce, indulgente et dévouée, qui l'était encore, dans ses actions, par la force acquise de ses premières vertus, subissait cette dépravation de la douleur trop constamment aiguë et trop intense : un démon de méchanceté, de férocité presque, s'agitait en elle, qui lui arracha soudain, devant ce paysage où tout était harmonie, apaisement, beauté, cette phrase monstrueuse qu'elle cria tout haut, à qui ? à la nature ? à Dieu ? au printemps ? – « Ah ! Si seulement l'un d'eux était mort aussi !... » Elle s'entendit prononcer, ces mots, où s'exhalait la frénésie de sa souffrance, avec une sorte de stupeur, qui la fit se relever du banc de pierre où elle s'était assise. Elle passa les mains sur ses yeux, comme pour exorciser la tentation de cet abominable souhait, et elle recommença de marcher à travers le bois, d'un pas rapide maintenant, comme si elle eût voulu fuir le trop lumineux paysage, fuir la vue du chemin par où devaient revenir ses beaux-enfants, fuir ses pensées, se fuir elle-même. Elle allait, choisissant, dans cet immense parc à demi-sauvage, les sentiers étroits, presque impraticables, où les ramures séchées accrochaient sa robe, où les pommes de pin craquaient et glissaient sous son pas, où ses mains écartaient sans cesse quelque arbuste épineux, quelque branche trop haute de bruyère. Et en même temps qu'elle marchait de la sorte, meurtrissant, avec un sauvage délire, ses pieds aux aspérités du chemin, ses doigts aux rudesses des feuillages, sa pensée allait, allait, elle aussi. Le violent sursaut de haine qu'elle venait de subir à nouveau contre ses beaux-enfants s'était apaisé. Mais il lui en restait au cœur une lassitude plus grande, et ce fond d'invincible répulsion qu'elle s'avouait à présent, qu'elle jugeait presque légitime, comme la représaille permise de son malheur. Elle marchait, et une résolution se précisait en elle, qui l'avait hantée souvent, jamais avec cette netteté hypnotisante. A quoi bon continuer, vis-à-vis de ces deux êtres dont la seule présence lui était un supplice, cette corvée, cette comédie plutôt, d'une maternité menteuse ? Pourquoi ne pas se débarrasser de l'un et de l'autre, en les traitant, comme, après tout, tant de vrais parents traitent leurs vrais fils et leurs vraies filles ? Au lieu de les garder, ainsi qu'elle faisait, à la maison, pourquoi ne pas les envoyer, lui au collège, elle au couvent, afin de rester seule avec son enfant mort, sans plus jamais entendre autour d'elle ces voix, ces rires, ces jeux, ces mouvements qui insultaient à sa souffrance ? Ils ne seraient pas heureux – Guy qu'elle savait si sensible, Alice qu'elle connaissait si délicate, – dans la promiscuité d'un internat. Combien d'autres petits garçons et d'autres petites filles de leur âge subissaient, à cette même minute, cet exil hors de la famille et qui n'en grandissaient pas moins ? Et puis, s'ils n'étaient pas heureux, ce ne serait que juste. Elisabeth savait aussi qu'à son lit de mort leur mère avait supplié leur père de renoncer à sa carrière, pour ne plus les quitter, de les aimer pour deux, puisqu'ils n'allaient plus avoir que lui. Avec quelle pitié, la jeune belle-mère avait autrefois accepté ce testament, et comme elle avait traduit ce suprême vœu : « Puisqu'il continue de servir, c'est moi qui jamais ne les quitterai, moi qui serai là toujours, pour être ce qu'elle aurait été ! » Les renvoyer, ces orphelins, du foyer paternel, était-ce obéir au désir sacré de la morte, de celle dont elle avait pris la place, et qu'elle avait juré, qu'elle s'était juré de remplacer ? La conscience d'Elisabeth lui répondait bien que non. Mais la marâtre une fois éveillée ne s'endort pas si vite. Détour étrange d'une sensibilité trop malade, la vivante éprouvait, pour cette morte, dont les enfants vivaient tandis que le sien n'était plus, cette âcre jalousie rétrospective qui corrompt de son poison tant de seconds mariages, et fait, des meilleures créatures quelquefois, les plus implacables, les plus inconscients des bourreaux. Précisément parce que cet internat au collège et au couvent avait dû être un des cauchemars de la mourante, la belle-mère y goûtait un obscur attrait de vengeance… Et elle sentait aussi que ce n'était là qu'un commencement, un premier pas sur une route de cruauté où elle ne s'arrêterait plus… Le père reviendrait. Que lui dirait-elle ? Ici la tentation se faisait plus coupable encore. La belle-mère était le seul témoin que les enfants eussent auprès du marin absent. Il était si aisé d'écrire à cet homme qu'elle n'avait pu continuer de les garder, à cause de tel ou tel défaut. Elle n'aurait même pas besoin de mentir. Le petit garçon était naturellement colère, la petite fille naturellement répondeuse. Jusqu'ici Elisabeth s'était toujours mise, comme eût fait la mère, entre les fautes des orphelins et les sévérités de l'officier. Qu'elle agît autrement – n'était-ce pas son droit ? – et l'envoi au collège et au couvent paraissait si simple, si utile, si indispensable !… Elle aurait touché à la tendresse que le père portait aux orphelins ! Que cela ressemblait peu à ses résolutions passées !… Pourquoi pas, si elle devait moins souffrir ?…

IV

Il y a, pour chaque âme, une atmosphère d'idées qui lui est propre et hors de quoi elle ne saurait respirer longtemps. Une noble sensibilité peut bien se laisser entraîner à des résolutions indignes d'elle, dans un accès d'égarement commencer de les exécuter. Elle ne peut pas s'y complaire. Quand la jeune femme se fut dit : « Mon parti est pris ; avant huit jours, je ne les aurai plus à la maison, » elle essaya de ne plus penser, ni à ces enfants pour qui elle allait être si dure, ni à la vilenie du rôle qu'elle devrait jouer vis-à-vis du père. Instinctivement, elle s'efforça d'endormir le scrupule qui s'élevait déjà des profondeurs si pures de sa conscience, en s'absorbant dans le souvenir de son André. Elle évoqua le petit fantôme, avec une ardeur de regret qui le lui rendit présent à nouveau, comme si elle ne l'eût pas vu rigide dans sa couchette, avec sa pauvre bouche ouverte et sans un souffle, ses yeux clos, ses mains couleur de cire jointes sur le crucifix, comme si les hommes noirs ne fussent pas venus clouer la planche de la bière sur cette frêle chose immobile, hier un joyeux, un insouciant enfant... Il était là, encore, auprès d'elle, avec le reflet de ce clair soleil sur ses boucles dorées... La vision se fit si précise, si obsédante que la mère éprouva l'irrésistible désir de donner une pâture réelle à sa tendresse, le besoin de faire une action où ce fils idolâtré fût mêlé, un appétit passionné de le servir. Elle commença de cueillir les brins les plus beaux, parmi ces touffes de bruyère blanche, pour les lui porter et en parer sa chambre. Depuis le jour où la dépouille de l'enfant avait quitté la villa pour le cimetière – cette villa ironiquement nommée « la Villa Rose » – la mère n'avait pas permis qu'un seul meuble fût changé dans cette chambre. Elle avait déjà obtenu de son mari qu'aussitôt revenu, il achèterait la maison, louée d'abord à cause du voisinage de Toulon, quand le lieutenant de vaisseau était attaché à ce port. Que de femmes ont ainsi, mères, épouses ou filles, tenté de prolonger l'existence d'un être adoré, en lui conservant tous les objets qui lui furent familiers ? Et puis la prêtresse de ce culte domestique disparaît elle-même, et les reliques qui firent son trésor ne sont plus que la vénale défroque d'un mobilier usé et démodé. Qui blâmera un cœur fidèle de défendre un peu, contre l'inévitable destruction, ce cadre d'humbles et précieuses choses, si personnelles qu'elles sont presque des personnes ? Depuis ces quatre mois, la mère n'avait jamais manqué d'aller, chaque matin et chaque soir, dans cette petite chambre à coucher où le dernier soupir de son fils avait passé. Elle ouvrait elle-même les volets, enlevait la poussière des meubles, dépliait les petits vêtements qui gardaient la forme du petit corps... C'était ce rite inutile et passionné de sa piété navrée qu'elle allait accomplir encore... La gerbe des bruyères s'était épaissie jusqu'à être trop lourde pour ses mains. Elle les tenait maintenant à pleins bras, et, tout heureuse et désespérée à la fois de cette vaine moisson, elle redescendait vers la villa, qui apparaissait à travers les pins d'Alep, les palmiers et les yuccas, toute rose en effet, couleur de joie et d'espérance. Et c'était une tragique et poignante apparition que cette jeune femme blonde, tout en noir, avec sa gerbe odorante de bruyères blanches, en train de marcher vers cette maison aux teintes claires, sous ce clair azur, dans ce verdoyant jardin – comme on s'achemine vers une pierre de tombe, pour la fleurir et y pleurer !

V

... La mère était entrée dans la villa par la porte de derrière, si abîmée dans ses pensées, qu'elle n'avait même pas remarqué le cocher en train de laver devant l'écurie les roues de la charrette anglaise, – ce qui signifiait que sa mélancolique promenade avait duré bien plus que la messe. Guy et Alice étaient rentrés depuis longtemps déjà. Auss i, comme Elisabeth s'engageait dans le couloir sur lequel donnait la chambre du mort, ce lui fut un sursaut presque fantastique de voir la porte entrouverte et d'entendre des voix, celles des deux enfants, dont la seule image avait hanté toute sa matinée d'une obsession de haine et d'injustice... Que faisaient-ils, dans cette pièce où elle avait défendu que personne pénétrât jamais, et qui eût été tout à fait obscure, si un rayon de soleil ne l'eût, entre l'interstice de la fenêtre et l'entrebâillement de la porte, coupée comme par une barre de clarté ? Sa brassée de bruyères toujours serrée contre son cœur, dont les battements redoublaient, elle s'arrêta pour écouter ce que disaient les deux visiteurs, dont elle distinguait mal les gestes, et, avec une émotion, dont elle n'aurait su dire si elle était délicieuse ou déchirante, elle comprit que ce demi-frère et cette demi-sœur du pauvre André l'avaient devancée dans le pèlerinage de tendresse qu'elle venait accomplir. Par cette radieuse matinée, les deux tendres enfants s'étaient rappelé le compagnon de leurs jeux, qui n'était plus là. Ils lui avaient cueilli des fleurs dans le jardin, comme elle dans le parc, et, par une puérilité attendrissante, ils avaient voulu associer l'absent à la fête du jour en lui apportant un présent de Pâques, des œufs achetés à la porte de la chapelle : – « Il faut mettre ce bouquet ici, » disait la voix d'Alice. « Tu te souviens des beaux insectes dorés que nous prenions pour lui dans les roses ?... » – « Et là les œufs, » disait la voix de Guy, « comme nous avions fait l'année dernière. Il était si content ! Comme je voudrais le revoir et l'embrasser ! » – « C'est impossible puisqu'il est mort. Mais nous le retrouverons au ciel, » reprenait la petite fille. – « Si pourtant il ressuscitait ? » répondait le petit garçon. « Lazare est bien ressuscité, et Notre Seigneur... Je le demande au bon Dieu tous les soirs et tous les matins. Maman aussi, j'en suis sûr... Ce serait un miracle, voilà tout. Et pourquoi le bon Dieu ne nous l'accorderait-il pas ?... Car, enfin, il y a des miracles... » Le naïf croyant de neuf ans qui prononçait ces paroles ne se doutait pas qu'en effet un miracle s'accomplissait à sa voix, tout près de lui, – une résurrection aussi, celle de la justice et de la pitié, de l'affection et du devoir, des généreuses et hautes vertus, dans l'âme de celle qui avait été si près de devenir, pour sa sœur et pour lui, la plus implacable des marâtres. De surprendre ainsi la preuve enfantine du souvenir que les deux orphelins gardaient à leur frère mort, venait de la remuer jusque dans la chair de sa chair, et, avec une crainte d'être grondés, changée aussitôt en une si douce effusion, Guy et Alice virent la porte s'ouvrir toute grande, et la mère entrer, – leur mère, – et elle leur tendait ses fleurs en leur disant : « Donnez-lui celles-là avec les vôtres... » et elle les prenait tous deux à la fois, les serrant contre sa poitrine, passionnément, follement, comme elle eût serré l'autre. Ne les retrouvait-elle pas, eux aussi, après les avoir perdus ? Et elle pleurait des larmes d'une souffrance égale, mais adoucie de tendresse, comme si l'esprit de son ange envolé lui eût soupiré tout bas : « Aime-les de tant m'aimer !... » La hideuse rancune, les résolutions mauvaises, la cruelle envie, tous les ferments des basses passions se fondaient, se résolvaient, s'en allaient dans ces baisers. Une fois de plus le grand mystère de renouveau, célébré par l'Église, et visible sur ce paysage de printemps, s'accomplissait dans un cœur humain : – la Vie venait d'en chasser la Mort, l'Amour venait d'y vaincre la Haine..